KB075691

부림지구 벙커X

강영숙
장편소설

부림지구 벙커X

창비

차례

사실 모든 개인은 특정 장소에 대해 다소간 독특한 이미지를 갖고 있다. 이것은 각 개인이 장소를 각기 다른 시공간적 계기를 통해 경험하기 때문만이 아니다. 오히려 모든 사람들이 그 장소에 대한 자신의 이미지에 색깔을 칠하고 독특한 정체성을 부여하는 개성·기억·감정·의도를 자기 나름의 방식대로 조합하기 때문이다.

—에드워드 렐프 『장소와 장소상실』

대부분의 사람들은 조용히 필사적인 삶을 살아가고 있다.

—헨리 데이비드 소로 『월든』

나는 벙커에서 살고 있다. 벙커는 부림지구 동쪽 외곽 숲에 있다. 숲이 시작되는 초입에서 안쪽으로 1킬로미터 정도 더 들어가면 마치 노지광산처럼 지대가 푹 꺼진 평지가 나타난다. 그 평지 위에 진흙더미와 시멘트 잔해, 엉킨 철근덩어리가 설치미술 작품처럼 여기저기 쌓여 있다. 누가 갖다 버렸는지는 알 수 없지만, 처음 그곳에 도착했을 때 사람들이 내다 팔 철사를 줍고 있는 것을 보았다. 바로 그 평지 한쪽 땅 밑에 숨겨진 벙커가 있다.

벙커로 들어가면 눈앞이 깜깜해지면서 특유의 눅눅함이 목구멍을 죄어왔다. 무겁고 축축한 기운 때문에 왠지 스컹크 같은 냄새나는 동물로 변신이라도 할 것처럼 몸을 잔뜩 웅크렸다. 배수관이 제대로 갖춰지지 않아서일까. 벽면엔 늘 습기가 차서 불투명한 색깔의 물방울이 맺혔다. 그래도 벙커 안에서는 안도의 숨을 내쉬게 됐다. 이젠 살았구나 하는 느낌! 다른 안전한 생활공간을 찾게 된다면 모를까 당장은 벙커에서 살 수밖에 없다. 바깥에는 위험 요소가 많고 무엇보다 난 부림지구를 떠날 수 없다.

우리 벙커의 이름은 X였는데, X 외에 인근에 몇개의 벙커가 더 있는지, 각각의 벙커에 몇명이 살고 있는지는 잘 알지 못했다. 한낮에는 이유 없이 나돌아다니지 않았고 특별한 일이 있을 때는 여러명이 함께 움직였다. 다른 벙커 사람들을 만나면 가볍게 눈인사만 했다. 사람들은 점차 키가 줄고 몸도 작아졌지만 표정은 밝았다. 서로 나눌 것이라고는 재난밖에 없지만 아직까지는 다 괜찮다.

지진이 나고 한동안은 여러 대피소를 떠돌아다녔다. 대피소에서 만났던 사람들 중 몇명은 안부가 궁금했다. 하지만 어디로 옮겨 갔는지, 정확한 행선지는 물론 안전한 곳에서 잘 살고 있는지도 알 수 없었다. 대피소의 기본적인 구조나 생활은 대개 비슷했고, 대부분 환경이 열악했다. 내가 살던 집과 대피소는 모두 시멘트 구조물이었다. 시멘트 건물은 끝까지 무너지지 않을 거라고 믿었는데 가장 빨리 그리고 가장 처참하게 부서졌다. 지진 이후, 곤죽이 된 채 무너져내린 시멘트 더미에 끼인 다리를 빼내느라 울며 애쓰는 꿈에 늘 시달려야 했다.

대형 버스 차고지가 지진 때문에 한순간에 덜컹, 하고 그대로 내려앉은 것 같은 공간이 벙커였다. 미리 앞을 내다본 누군가가 지진이 올 것을 대비해 개인 방공호 용도로 땅속에 노후된 관광버스 여러대를 묻어두었다. 벙커 사람들이 외부로 출입하는 방법은 두가지였다. 계단을 타고 올라가 버스 천장에 달린 개폐구를 열고 증기처럼 밖으로 솟아오르는 방법이 하나였고, 버스의 맨 뒤쪽에 의자를 떼어내고 붙여놓은 임시출입문까지 걸어가 점점 폭이 좁아지는 긴 땅굴 같은 길을 계속 걸어 평지 끝의 작은 문으로 나가는 방법도 있었다. 무릎이 아픈데도 불구하고 나는 굳이 계단을 밟고 위로 올라가 개폐구를 통해 밖으로 나가는 방법을 선호했다. 기둥을 따라 뱅글뱅글 도는 계단을 오르내리느라 왼쪽 무릎이 아팠다. 나는 자주, 벙커 사람들이 잠들어 있을 때 압박붕대를 찾아 무릎에 친친 돌려 감았다.

벙커에서의 하루는 몹시 빨리 지나갔다. 나는 같은 벙커에 있는 시민운동단체 연구원과 얘기를 많이 나눴는데, 그는 지진 역학조사 연구로 보고서를 써야 한다며 내게 도움을 요청했다. 처음엔 귀찮았는데 점차 그와 얘기를 나누는 시간이 기다려졌다. 이상하게도 남들에게 잘 하지 않던, 누구에게도 말한 적이 없는 내 얘기를 그 사람에게는 하게 됐다. 물론 내가 한 말이 다 사실은 아니었다. 나는 연구원의 이야기 속에서라도 조금은 괜찮은 사람이 되고 싶었다. 그래서 거짓말을 하거나 이야기를 약간씩 꾸며댔다. 내가 죽더라도 내 죽음을 기억하거나 증언할 사람은 이 사람들, 벙커 사람들뿐이었다. 누가 나의 죽음을 궁금해할까. 아무도 나를 모른다.

버스 앞쪽에 철제 앵글을 세워두고 물컵이나 비상식량, 담요나 의류, 천 조각이나 비닐가방 등을 칸칸이 정리해 수납장으로 썼다. 수납공간이 절대적으로 부족해 앵글 양쪽에 생필품을 담은 양파자루를 줄줄이 매달아놓고 공동으로 관리했다. 나를 포함해 이재민 열명이 한 벙커에 살았는데, 나 말고도 흥미로운 사람이 많았다. 연구원은 벙커 사람들이 지진으로 인해 어떤 종류의 정신이상 증세를 보이는지 궁금해했다.

"벙커 사람들이 모두 우울할 거라고 생각하시나요? 전혀요. 다들 세상에서 가장 신나는 인생을 사는 사람들처럼 굴어요. 지금이 인생의 가장 좋은 때라고 말한다니까요. 정신이상 증세 따위는 없어요. 다들 멀쩡해요!"

내 생각을 말해주었지만 그는 믿지 않았다. 연구원은 우리 벙커에 가장 최근에 왔기 때문에 우리가 어떤 사람들인지 잘 몰랐다. 그가 눈을 살짝 감았다 뜨며 다소 실망한 듯 한쪽 어깨 위로 얼굴을 떨어뜨렸다. 그의 의견에 따르면 그런 반응은 재해 발생 초기 단계에 국한된다. 초기가 지나면 모두 무서운 인간들로 변한다나. 그런데 벌써 지진이 난 지 1년도 더 지났다.

지진은 모든 일상이 다 없어지는 상태에 이르는 것이다. 목적지를 정하고 어딘가로 가는 일이 어려워지고, 밝았던 곳이 짙은 초콜릿 색깔로 변하고, 슈퍼마켓 진열대의 물건이 한꺼번에 동나버리고 그 위로 배가 홀쭉한 바퀴벌레나 생쥐만 유유히 지나가는 것이 지진이다. 텅 빈 진열대를 손바닥으로 쓸어보면 가시 같은 지네의 다리나 쥐똥이 흰 재와 함께 묻어났다.

"지진이 뭐라고 생각하세요?"

연구원이 물었을 때 나는 입을 다문 채 그런 장면들만 떠올렸다.

벙커로 옮겨 오고 난 초기에는 섣불리 바깥으로 나가기가 무서웠다. 출입이 불편하기도 했지만 무조건 외부와 차단되는 것만이 살길처럼 보였다. 바깥에 나갔다 들어오는 사람들 손에는 종이가 한장씩 들려 있었다. 정부가 뿌린 홍보물이었다. 이재민들의 몸에 생체인식 칩을 넣는 이벤트를 알리고 있었다. 정부에서는 헬리콥터를 이용해 미친 듯이 홍보 전단을 뿌려댔다. 부림지구에서 살아남은 사람은 누구든 몸 안에 칩을 넣어야 했다. 범죄자와 불법 체류자 들을 감시하기 위한 방안이라고 했지만 사실은 이재민들을 관리하기 위한 것이었다. 몸에 칩을 넣고 정부의 관리 대상이 된 사람들은 부림지구를 벗어날 수 있지만, 그러지 않으면 부림지구에 고립되었다. 정부는 식량이나 필요한 물자 지급은 줄여가면서도, 전단을 뿌리는 데는 돈을 아끼지 않았다. 지금은 전단 정도지만 미래에는 무엇이 닥쳐올지 알 수 없었다.

처음엔 열명이 넘는 사람이 벙커에서 함께 살았는데 시간이 지나면서 두세명이 부림지구를 떠났다. 그들은 몸에 칩을 넣고 돌아와서는 남은 우리를 사이코 취급했다. 그러곤 벙커를 떠날 때 대장이 챙겨둔 비상식량 꾸러미를 모두 훔쳐갔다. 그 사람들은 어디로 갔을까. 다들 안전하기는 할까. 때로는 그 사람들이 부럽기도 했다. 부림지구를 떠나면 살기가 훨씬 나을 것이다. 오염되고 뒤집어진 땅, 쓰레기더미가 뿜어내는 가스, 엄청난 먼지는 피할 수 있을 테니까.

다행히 벙커 안에는 지진이 났을 당시에는 전혀 없었던 것들, 인스턴트커피, 라벨은 희미해졌지만 원산지와 유통기한이 표시된 스낵 종류, 생리대와 진통제도 있다. 또 거울과 머리빗, 손톱깎이와 귀이개, 열악하기는 하지만 간이 샤워 시설도 있다. 그런 것들 덕분에 벙커 안에서는 나 자신과 이 세상이 더이상 가망 없다는 기분을 덜 느끼게 됐다. 사실은 가망이 있다가 없다가, 왔다 갔다 했다. 벙커 생활 초기에는 얼굴도 몸도 죄다 핑크빛으로 부어올라 거울을 보기가 무서웠다. 몇백년을 죽지 않고 계속해서 살아 있는 여자가 있다면 내 얼굴과 비슷할 것이다. 자주 씻지 못하기 때문에 나의 외모는 아주 쉽게 품위를 잃었다. 그런 와중에도 나는 가끔씩 자위를 하는 상상을 했는데, 그럴 때마다 이상한 인간이 되어가는 것 같아 몹시 우울해졌다.

첫번째 빅 원이 왔던 그날은 날씨가 맑았던 것으로 기억한다. 그런데 이 부분에 대해 연구원은 내 기억이 잘못됐다며 정정해주었다.

"5월 29일, 그날은 날씨가 좋지 않았어요. 이 나라에 맑은 봄날이 사라진 지는 오래되었죠. 황사가 심했거나 미세먼지 농도가 높았을 겁니다. 150마이크로미터 이상으로 일평균 기준치인 100마이크로미터를 넘어섰을 거예요."

재해를 겪은 이재민들은 대부분 안 좋은 일이 일어났던 날의 기상이나 주변 환경을 좋은 상태로 치환해 기억하는 일이 흔하다고 했다. 연구원의 얘기를 들으면 매사에 확신이 없어지고 스스로를 의심하게 됐다. 그런데도 나는 그와 자주 얘기를 나눴다. 그는 내가 무슨 말을 하려고 하면 말을 뱉기도 전에 입술을 씰룩이며, 상체를 내 쪽으로 가까이 했다. 지진으로 흙구덩이에 빠졌다 살아난 저 여자는 도대체 무슨 말을 하려는 걸까, 골똘히 생각하는 얼굴이었다. 또 불쌍하게 보는 듯한 눈빛이 약간은 진실하게 느껴져서, 누군가로부터 존중받는다는 기분도 들었다.

여하튼 좀 만만한 면이 있는 사람이었다.

그는 개인적이고 대답하기 힘든 것도 물었다.

"아직 생리는 하시나요? 여자분들은 아무래도 재해 상황에서 그런 문제 해결이 중요할 텐데요."

부림타운에서 채소 가게를 했던, 나와 좀 가까운 사이였던 한 여자가 생리대가 없어서 흰 셔츠 한장을 조각조각 잘라 사용했다는 말을 들은 적이 있다. 어쨌든 내 나이는 겨우 마흔 초반이다. 아니, 사실은 마흔여섯살인데 이상하게도 자꾸 나이를 속이게 됐다. 나이를 제대로 말하면 다들 무시하면서 나에 대해 모든 걸 다 아는 것처럼 굴었다. 지진 후 어느 날 생리가 저절로 그쳐버렸다. 연구원은 그 설문 항목에 폐경이라고 적었지만 나는 폐경 말고 일시적 폐경으로 고쳐서 적어달라고 했다. 그는 내가 나이를 속인 걸 눈치챘을까.

우리 벙커 사람들은 한명만 빼고는 모두들 비교적 조용한 편이었다. 그런데 이 한명이 아주 대단했다. 대피소에서 겁에 질린 채 커다란 비닐을 어깨에 두르고 무릎에 얼굴을 묻고 울던 청소년이 있었다. 그애가 자해를 시도하던 순간 나는 바로 옆에 있었다. 그후 그애가 울 때마다 나는 어깨를 두드려주곤 했다. 본명인지는 알 수 없지만 그애의 이름은 혜나였다. 내 이름 유진이 가명인 것처럼, 어쩌면 그애의 이름도 가명일지 모른다. 내 생각에 지진은 자기 자신을 남에게 속이기에 아주 좋은 타이밍이다.

"자기야, 이따 퇴근하고 백화점 쇼핑할까? 곧 내 생일이잖아. 나한테 페라가모 핸드백 사주기로 한 거 기억해? 아기는 아줌마한테 맡기자. 아줌마가 해리 포터 이야기를 읽어줄 거야. 아기도 호그와트 마법학교를 좋아하게 될 거야. 아줌마가 있어서 우리 외출은 걱정 없다니까. 아기보다 우리 인생이 더 소중하잖아. 그래, 이따 만나. 사랑해."

대피소에서 울던 아이는 이제 울기는커녕 열정적으로 연극 대사를 쏟아냈다. 휴대폰을 높이 들어 흔드는 것이 다른 역할로 넘어가는 신호였다. 거울을 보며 혼잣말도 했다. 그러다 흥이 나면 두 눈동자가 뒤로 까뒤집혔고 어둡고 축축하던 벙커는 부분 조명을 비춘 듯 환한 연극 무대로 변했다.

"내 피도, 혓바닥도 바싹바싹 말라가고 있어! 죽어가고 있다고."

혜나는 벙커 바닥에 엎드려 바닥을 핥는 연기를 선보였다. 저러다 또 전화줄을 씹어 먹겠지! 벙커는 혜나 때문에 밝았다 어두워졌다 시시각각 변했다. 사람들이 저런 연기를 좋아할까. 나는 늘 자연스러운 연기를 하라고 말해주고 싶었지만 혜나가 실망할까봐 말하지 못했다. 연극이나 연기에 대해서 내가 뭘 안다고. 나는 아무것도 모른다.

혜나는 지진이 이 세상에서 가장 무서운 일이었느냐고 연구원이 물었을 때 머리를 좌우로 흔들었다.

"아뇨 아뇨, 저는 미용실 의자가 제일 무서워요. 뒤로 머리를 젖히고 눕는 의자 말이에요. 샴푸 하는 세면대 껍데기 속에 숨어 살면서 여자들의 머리카락을 뜯어 먹고 사는 동물, 그 동물이 아래에서 내 머리카락을 잡아당길까봐 너무 두려워요. 아저씨는 뭐가 제일 무서워요?"

연구원은 난감해했다. 그는 혜나가 정신적으로 어떤 문제가 있는지, 끝까지 자신의 견해를 말해주지 않았다. 하지만 그의 인터뷰 기록 노트에는 연극성 인격장애라는 어려운 말이 적혀 있었다. 어쨌든 연극을 하려면 흔들리지 않는 땅이 있어야 했다. 혜나의 꿈은 재해를 입은 평범한 사람들의 상황을 잘 연기하는 재해 전문 배우가 되는 것이었다. 벙커 생활이 연기라고 생각하면 좀 나을 것 같기는 했다. 이건 내 추측이지만 혜나는 미용실에서 버려졌는지도 모른다.

벙커에는 세련된 매너를 갖춘 노인 부부도 함께 살았는데 나는 그 사람들을 별로 좋아하지 않았다. 연구원은 남자 노인과 유독 많은 얘기를 나눴다. 노인은 30권도 넘는 책을 쓴 유명한 학자이자 교수라고 했다. 벙커 사람들은 그를 한교수라고 불렀는데 나는 노트에 그냥 '머리 긴 남자 노인'이라고 적었다. 그는 말할 때마다 거의 단발처럼 긴 머리칼을 한 손으로 넘겨 귀에 꽂았다. 큰 키에 어깨가 구부정하고 신경질적인 말투에 이상한 냄새도 났다. 그는 적어도 70대 중반은 되어 보였고 그의 아내인 여자 노인도 비슷한 듯했다.

연구원이 남자 노인과 얘기를 나눌 때 여자 노인이 학처럼 긴 다리를 앞으로 모은 채 그들의 대화에 끼어들었다.

"나중에, 지진이 멈추면 우리집에 차 마시러 와요. 프랑스산 마리아주 홍차가 있어요. 제가 직접 구운 쿠키도 있죠. 얼마 전에 파리에 다녀왔거든요. 꼭 와요. 저희에게 친절하게 대해주신 분들에게 감사의 인사로 꼭 대접하고 싶어요."

벙커에 차나 쿠키 같은 건 없다.

여자 노인은 매일 외출 준비를 했다. 남편의 어깨에 손을 얹은 채, 석회물을 많이 마신 서양 할머니처럼 울퉁불퉁하게 발목만 굵어진 두 다리를 학처럼 흔들며 플랫슈즈를 꿰어 신었다. 그러고는 먼지가 잔뜩 묻은 깃털 달린 벨벳 모자를 썼다. 남자 노인은 자잘한 물방울무늬가 잿빛으로 변해버린 지저분한 양산을 여자 노인의 손에 들려주었다. 나가봐야 갈 곳도 없었다. 그런데 그들은 폭이 좁고 어두운 땅굴 같은 길을 지나 평지로 나가는 작은 문 앞까지 걸어갔다가, 아주 느린 속도로 다시 벙커 안으로 돌아왔다. 그것이 그들에겐 하루 중 가장 중요한 일과였고 운동이었고 외출이었다. 겨우 그런 동작을 하는 데도 아주 긴 시간이 필요했고, 보고 있으면 저절로 마음이 다급해지곤 했다. 외출에서 돌아온 여자 노인은 깨진 거울을 얼굴에 바싹 들이대고 뺨 위에서 동그란 꽃잎처럼 퍼지고 있는 검버섯 위에 파운데이션 퍼프를 소리 나게 두드렸다.

따뜻한 차와 달콤한 쿠키라니! 저 노인네들 아주 서양 사람들 흉내를 내네. 다른 나라에 가서 살지 왜 여기서 저러고 있을까! 노인들을 함부로 대해서는 안 된다고 늘 생각해왔기 때문에 대놓고 말을 하지는 못했다. 나도 곧 저 노인들처럼 늙을 테니까.

늘 카메라를 갖고 다니며 뭔가를 찍는 정수, 시력이 좋지 않아 확대경인 루페를 늘 목에 걸고 다니는 왜소한 체격의 최인기 기자, 우리가 그냥 벙커 안쪽 사람들이라고 부르는 커플도 있었다. 이 커플의 침대가 버스의 가장 깊고 어두운 안쪽에 있어서 그렇게 불렸다. 그들은 다른 대피소에서 살다가 쫓겨난 뒤 우리 벙커로 왔다. 그들의 별명은 '이상한 족속들'이었다. 이상한 것까지는 모르겠지만 그들은 굉장히 뜨거웠다. 벙커 안쪽에서 들려오는 소리에 어떤 때는 귀를 꽉 막고 있어야 했다. 그러나 막상 그들을 보면 바지를 입고 두 다리로 걸어 다니는 그저 평범한 남자들이었다. 양근은 간장공장 관리부의 과장이었고 동식은 일반 회사원이었다. 두 사람은 식당에서 각자 밥을 먹다가 친해졌다고 했다. 우리가 한밤중에 너무 시끄러워 잠을 잘 수가 없다고 하면, 탈지면을 손으로 뜯어 딱딱하게 만든 귀마개를 두개씩 나눠줬다. 벙커 생활은 비참했다. 때로는 다 끝내고 싶었고, 사는 걸 멈춰버리고 싶었다. 하지만 양근과 동식을 보면 이상한 에너지에 휩싸이는 게 사실이었다.

힘든 벙커 생활을 견딜 수 있었던 것은 다 대장 덕분이었다. 몸에 칩을 넣기로 한 사람들이 떠나고 다들 혼란스러운 상황이었던 대피소에서 혜나와 나를 벙커로 데려온 것도 대장이었다. 그는 조용히 미쳐가고 있는 우리를 잘 보살펴주었다. 왜 그를 대장이라고 부르게 되었는지는 잘 기억나지 않는다. 합의랄 것도 없이 누구나 그를 대표로 지목했다. 처음에 그는 우리 벙커에 있는지조차도 잘 모를 정도로 전혀 표가 나지 않는 사람이었다. 그는 아침에 벙커에서 나가면 오후에 돌아왔다. 어디에 갔었는지 물어도 잘 말해주지 않았다. 숨을 크게 쉬지도, 뭔가를 잘 먹지도 않았다. 혜나가 장난스럽게 배고프지 않느냐고 물으면 그냥 괜찮다고만 했다. 벙커에서 살기 시작한 초기만 해도 식량 사정이 좋지 않아, 군용 헬기로 공급된 시리얼이나 에너지바 하나만 겨우 먹는 날도 많았다. 그때에 비하면 지금은 정말 행복하다. 태양열에 익힌 벌레나 민들레꽃을 어떻게 생라면에 비할까. 최근에 라면을 배 터지게 먹은 적이 있는데 다 대장의 노력 덕분이었다. 대장은 자식도 없고 키우는 개도, 가진 재산도 없다고 했다. 그 사람의 모든 환경이 아무것도 가진 것 없는 나와 비슷했다.

"나를 대장이라고 부르지 마요, 제발. 전쟁터 같은 곳에서나 쓰는 그런 호칭은 사양합니다."

그가 두 팔로 엑스 자를 만들며 말했다. 그는 볼륨감이 없는, 전체적으로 흐릿하고 약해 보이는 인상이었다. 목소리조차도 아주 가늘어서 애니메이션 속에서 방금 튀어나온 주인공 같았다. 골격도 크지 않고 인상도 뚜렷하지 않아 회색이나 검은색의 데생 덩어리 같았다. 게다가 그는 늘 자동차정비공처럼 아래위가 붙은 연청색 작업복 차림이었다. 지진이 나지 않았다면 그 누구도, 전혀 관심을 가질 스타일이 아니었다. 한마디로 말해 매력이 전혀 없었다. 하지만 그는 우리가 처한 상황을 누구보다 잘 알았다.

"애초에 이곳은 도시 설계가 잘못됐어요. 부림지구를 고립시킬 생각이 없었다면 왜 외부 도시와 연결되는 제2의, 제3의 도로를 만들지 않았겠어요. N시로 나가는 길이 막히면 이곳 사람들은 고립됩니다. 누구나 조금만 도시 설계에 관심이 있다면 예견할 수 있는 일이었죠. 처음부터 부림지구의 운명은 정해져 있었어요. 고립은 이곳의 운명입니다."

우리는 그의 말을 듣고도 크게 반응하지 않았다. 미리 알았다고 해도 할 일이 없기는 마찬가지였을 것이다. 그는 벙커 사람들 반응을 살피다가 어떤 호응도 없자 자기 자리로 가 바짓가랑이를 접고 앉았다. 그러고는 혼자서 또 뭔가를 만들기 시작했다.

그는 자가전력기를 만들었다. 내 머리로는 상상해본 적이 없는 장치였다. 수많은 전선더미가 엉킨 실타래처럼 바닥에 쌓여 있고, 녹이 슨 고철덩어리 같은 기기들이 그 중앙에 있었다. 대장은 전깃줄을 재료로 실험적 요리를 선보이는 요리사처럼 보였다. 엉킨 전선을 풀고, 플러스극과 마이너스극을 연결했다. 그러고 나서 스위치를 켰다. 반짝하고 불이 들어오면서, 어디선가 주워 온, 네모난 바윗덩어리처럼 생긴 스피커에서 조금씩 소리가 났다. 땅이 흔들리기 전에 들었던 온전한 음악은 아니었지만, 땅 위에 머물던 소음 같은 것들이 벙커의 무거운 공기를 비틀었다. 음악을 들으면 최소한 세상이 무너지지 않는다는 긍정적인 마음을 갖게 될 수도 있지 않을까. 내 생각은 그랬다. 언제쯤이면 음악을 들을 수 있을까. 뽕짝을 들으면서 매운 아귀찜이나 먹던 시간을 그리워하게 될 줄은 몰랐다.

지진이 나고 한동안은 암흑 속에 살았다. 사실 모두들 텔레비전을 보지 못해 안달이었다. 대장이 얼마 전 반파된 집에서 브라운관이 깨지지 않은 작은 텔레비전을 주워 왔다. 그는 며칠간 그것을 분해했다가 다시 조립했다가 하며 계속 씨름했다. 그러던 어느 날부터 화면에 회색빛이 들어오기 시작했다. 사실 회색빛 이후 단계에서는 화면에 이렇다 할 변화가 없이 멈춰버렸다. 대장은 텔레비전의 옆구리를 손바닥으로 때리며 리셋, 리셋! 하고 소리쳤다. 그러자 화면이 세로로 분할되며 잠깐 무지개색이 됐다. 하지만 이내 다시 회색빛으로 돌아가 먹통이 된 뒤로 전혀 움직이지 않았다. 그의 꿈은 공업용 열을 생산하는 열원자로를 만드는 것이라고 한다. 원자로라니, 그런 것은 모두 처음 들어봤다. 어쨌든 나도 그를 따라 외쳤다. 리셋, 리셋! 빨리빨리 해, 리셋!

밤에는 오래가면서도 냄새가 덜한, 커다란 가톨릭 신자용 병초를 켰다. 그래도 책을 읽는 것은 불가능했다. 책이 있다고 해도 나는 책 읽는 건 별로 좋아하지 않는다. 대장은 밤마다 창의력을 발휘했다. 그는 헬멧에 달린 손가락 크기의 랜턴에 의지해 커다란 설계도를 펼치고 그림을 그렸다. 그가 입은 연청색 빛깔의 작업복 위로 벌레가 기어 올라갔다. 연필을 쥔 손만 움직이고 신기하게 몸의 나머지 부분들은 가만히 멈춰 있었다. 그는 커다란 우주선 같은 걸 그리고, 우주선 안에 작은 창들을 빽빽하게 배치하고 커다란 기둥 안에 엘리베이터를 설치했다. 아이들은 그 건물 안에서 모두 안전하게 학교에 다닐 수 있었다. 또 건물의 맨 꼭대기에는 녹색 정원이 있어 놀이터처럼 뛰어놀 수도 있었다. 건물은 지진이 와도 무너지지 않게 설계됐고, 그곳에는 악착같이 사람 몸에 달라붙는 미세먼지를 걸러내는 공기정화 장치도 있었다. 모든 게 완벽했다.

"대장, 그 안에선 몇명쯤 살 수 있나요?"

정수가 인터뷰하듯 물었고 대장은 똑똑해진 척 대답했다.

"어떤 외국인 건축가가 쓴 『미래 도시의 모형』에서는 외부의 저항을 받지 않는 단 하나의 구조물 안에서 최대 만명까지 살 수 있다고 했어요."

대장의 말이 끝나자 최기자는 낡은 신문지에 굵은 매직펜으로 '미래 도시의 모형'이라고 적고 알 수 없는 기호를 첨가했다. 그는 찾아봐야 할 모든 정보를 매직펜으로 적어 그때그때 벙커 안 빈 벽에 덕지덕지 붙였다. 먼저 붙여둔 신문지들은 이미 색이 바랜 지 오래여서 글자도 그림도 희미했다.

지진 때문에 생활 터전을 잃고 부림지구에 남아 떠돌고 있는 사람들은 모두 몇명쯤일까. 대장이 두개의 로켓이 양손에 들린 것처럼 생긴 모양의 구조물을 그린 커다란 종이를 보여주었다. 허공에 떠 있는 그곳에서는 모두 안전할지도 모른다. 그림상으로는 주변에 키가 큰 나무들도 울창하다. 땅에 뿌리를 내리고 굳건히 서 있는 나무가 많다는 게 신기했다.

밤에 벙커 뚜껑을 열고 밖을 내다보는 건 금지사항이었다. 그래도 벙커에서 제일 좋은 건 바로 이 순간! 벙커 개폐구를 위로 밀어 올리는 순간이었다. 버스 위로 예사롭지 않은 무게의 나무가 가로놓여 있는데, 아무것도 없는 것처럼 보이기 위한 위장이었다. 개폐구가 반쯤 열렸을 때 나무를 조심스럽게 치우고 머리를 내밀었다. 신선한 공기 쪽으로 자동 반사하듯 머리가 움직였다. 일단은 시선이 어둠에 익숙해지기까지 기다려야 했다. 차가운 바람이 목으로 넘어갔다. 나는 부림지구의 제철단지와 용광로를 찾았다. 부림지구가 미치게 그리웠다. 왜 그런지 모든 것이 명료하게 보이지 않을수록, 제철단지의 용광로가 보이지 않으면 않을수록 부림지구는 절대 무너지지 않는다는 터무니없는 믿음이 생겼다.

대장은 한밤중에 자신의 자리에 앉아 돋보기를 쓰고 바

느질을 했다. 그러다 잠깐씩 바깥 풍경이 보이기라도 하는 것처럼 창에 입김을 분 뒤 손바닥으로 문질러 닦았다. 그는 몇개월 후면 다가올 추위에 대비해 작은 천과 가죽을 이어 붙인 이불을 만들었다. 처음엔 개 한마리 깔개 정도의 크기였는데 지금은 작은 트럭을 덮어도 남을 만큼 커졌다. 나도 그의 옆에 앉아 이불을 만들었다. 하지만 나는 바늘귀에 실도 제대로 꿸 줄 모른다. 지진 상황에서조차도 나는 아무짝에도 쓸모없는 인간이었다. 조용한 기운에 놀라 눈을 떴는데 대장도 나도 졸고 있었다. 버스 벽면에 몸을 기댄 채 졸고 있는 대장 가까이 다가가 그의 얼굴에 걸려 있는 돋보기를 벗겨주었다. 내가 대장에게 할 수 있는 최대한의 애정 표현이었다.

자려고 누우면 낮에 연구원과 했던 얘기가 떠올랐다. 어떤 때 그는 너무 많은 것을 한꺼번에 질문했다. 눈자위가 푹 꺼질 정도로 피곤해지면 나는 그냥 성의 없이 아무렇게나 대답해버렸다. 그런데 늘, 꼭 묻는 한가지 질문이 있었다.

"지진이 났던 날 얘기 좀 해주세요. 그때 어디 계셨나요?"

연구원은 눈동자에 힘을 주었다. 왜 그런 질문을 자꾸 하는 걸까. 나는 늘 그의 질문에 제대로 답을 하지 못하고 다음으로, 나중으로 대답을 미뤘다.

"지금은 별로 얘기하고 싶지 않아요. 몹시 피곤해요."

그는 보고서 한 귀퉁이에 진술 보류라고 적고 자기 이름 옆에 서명을 했다. 내가 대답하기를 꺼리면 그렇게 적는 것 같았다. 나에 대해서 무슨 말을 할 수 있을까. 몸에 지방이라고는 없고, 배배 말라 꼬여버린 두 다리가 골반에 겨우 연결되어 붙어 있을 뿐인, 과거에는 혜나만큼이나 하체가 탄탄했던 하지정맥류 환자라는 것 정도를 말할 수 있을까. 하지만 지금은 울퉁불퉁했던 하지정맥류 증상도 자연스럽게 없어져버렸다. 그리고 덧붙인다면 결혼하지 않은 싱글이라는 것. 극심한 스트레스를 받으면 뜨거운 여름 숲에서 들리는 것 같은 매미 소리가 귀에서 계속 들린다는 것. 때로 화가 나 머리꼭지가 돌면 예측 불가능한 이상한 행동을 한다는 것. 그리고 이재민이라는 것.

　침낭이 딱딱하기도 했지만 벙커의 밤은 늘 고통스러웠다. 아침에 눈을 뜨면 벙커가 무너져내릴지도 모른다는 불안감으로 하루가 시작됐다. 아침이 오면 재해로부터 멀어져야 하는데 오히려 지난밤보다 재해에 더 가까워지곤 했다.

우리는 모두 부서지기 쉬운 것들에 불과했을까. 부림지구가 그렇게 쉽게 부서졌다는 게 믿기지 않는다. 300일이넘는, 50주가 넘는 긴 시간이 지났지만, 지진이 났던 날 얘기를 하려면 늘 마음이 오락가락한다.

　"지진이 났던 날 어디에 계셨어요? 어디서 뭘 하고 계셨는지 자세하게 말해보세요."

　연구원은 거듭 물었다. 지진이 났던 날 나는 부림타운에 있는 직장에서 일하고 있었다.

　"저는 평생을 직장에서 보냈어요. 직장 말고는 따로 간곳이 없죠. 직종으로 말하면 아마 열가지도 넘을 거예요."

　내 말에 연구원은 약간 과장되게 웃었다.

"그래서요? 좀더 자세히 말해보세요."

날씨가 흐린 날은 우울해서인지 연구원의 질문에 더 쉽게 대답하게 됐다. 지진이 났던 날은 5월 29일이었다고 연구원이 말해주었다. 내가 기억하던 날짜들은 모두 잊히고 이제 오직 5월 29일 하루만 기억한다. 첫번째 빅 원이 오고 얼마 지나지 않아 다시 두번째 빅 원이 왔다. 연구원은 그것을 본진이라고 표현했다. 나는 대피소 사람들이 말하는 걸 듣고 진도 7이었다는 걸 알았다. 그런데 진도 10, 진도 50, 진도 100도 훨씬 넘는 것처럼 느껴지는 것은 왜 그럴까. 내가 그렇게 말했더니 똑똑한 연구원이 다시 한번 정정해주었다.

"지금까지 우리나라에서 일어난 최대 규모의 지진은 5.8이었어요. 진도 6 정도라면 방에 있는 무거운 가구가 흔들리고, 진도 7 정도라면 운전 중에도 차가 흔들리는 걸 느끼게 되죠. 자, 어느 정도였나요? 첫번째 빅 원 말입니다. 눈으로 본 것, 경험한 걸 저한테 그대로 얘기해보세요, 유진씨."

백화점 직원 같은 친절한 말투였다. 숫자를 들이대기 시작하면 하고 싶던 말도 못 하고, 주눅 들게 된다는 것을 연구원은 모르는 모양이다.

밤낮없이 탱크가 지나가는 것 같은 소음과 진동이 며칠씩 계속되던 터라 다들 긴장해 있었다. 뭔가를 해 먹이는 것 말고는, 사람을 위로할 방법을 달리 알지 못했던 나는 일이 끝나자마자 수진의 방으로 가 카레를 만들었다. 해 질 무렵 들어온 그녀의 몸 여기저기에 손가락 정도 길이의 붉게 긁힌 상처 여러개가 보였다. 뭔가 이상했다.

"오늘 부림타운이 다 흔들렸어. 언니도 알았어, 그거?"

눈을 동그랗게 뜨고 수진이 말했다. 수진의 목에 난 상처는 뭔가 무겁고 날카로운 것이 강하게 스치고 지나간 것처럼 찰과상이 커 보였다.

"어딜 갔다 왔는데 이렇게 됐어? 너, 또?"

내 말에 수진은 고개를 떨어뜨렸다. 나는 두 손으로 수진의 얼굴을 감싼 채 찬찬히 살펴보았다.

"오늘 아침부터 몸이 굉장히 무겁고, 길을 걷는데 가스 냄새가 심해서 잠깐씩 주저앉았어. 머리를 들면 사방에서 냄새가 나고 집들이 좌우로 흔들렸어. 언니도 느꼈어? 그런데도 그냥 종일 돌아다녔어. 미친 듯이."

스크래치가 난 수진의 목과 어깨 관절 부위에 연고를 발라주었다.

"당연히 느꼈지. 조심하자, 제발 조심해. 앞으로 더 자주 흔들릴 거야. 사람들이 걱정하는 소릴 들었거든."

발갛게 벗어진 피부 위에 막 생기려는 옅은 분홍색 딱지조차도 안쓰러웠다. 사실 나도 낮에 전화방에서 징그럽게 커다란 쥐 여러마리를 봤다. 나는 당황했는데 쥐는 안 그런 것 같았다.

"괜찮을 거야. 당분간 나가 돌아다니지 마! 뭐 하러 첫덩이 위에 가 앉아 있니. 사람들이 너한테 또라이라고 하는 거 몰라?"

수진은 부림지구 사람보다 부림지구 곳곳을 더 자주 돌아다녔다.

"얼마 전부터 숲에 나방이 떼로 몰려와 죽고 그런 거 언니는 몰랐어? 지진이 나려고 그랬나봐. 난 왜 이런 옛 같은 데로 온 걸까. 물론 언니를 만난 건 좋지만."

그녀가 이마에 굵은 주름이 잡히도록 인상을 쓰며 말했다. 눈가 끝이 찌그러지며 한쪽 입술이 딸려 올라가는 모습이 사랑스러웠다. 부모님 얘기는 나중에 또 하게 되겠지만, 나는 형제가 없다. 수진의 집 가정부로 일하면서 밤에는 과자를 먹으며 텔레비전 드라마나 보다가 따뜻한 이불 속으로 들어가 잠드는 게 좋았다. 그렇게 살다가 죽고 싶었다.

우리는 카레를 먹었다. 카레는 지진이 나기 전에 먹은 마지막 음식이었다. 연구원이 평소에 어떤 음식을 좋아하느냐고 물었을 때 즉각 카레를 떠올렸다. 그냥 언뜻 생각난 것이기도 했지만 카레의 짙은 노란색과 입안에 퍼지는 따뜻한 감촉이 좋았다. 길 쪽으로 난 창으로 카레 냄새가 퍼져나갔다. 하지만 곧 카레 냄새는 카바이드 냄새나 목욕탕 수증기 냄새 비슷한 악취에 섞여 이상하게 변했다.

계속 증기를 쐬는 것 같은 느낌이 지속됐다.

"나한테 나는 냄샌가?"

뭐가 무서웠던 걸까. 그녀의 어깨는 딱딱하게 굳어 있었다. 나는 그녀의 굳은 어깨를 두 손으로 누르기 시작했다.

"언니, 내가 오늘 극장에 갔었는데 극장이 한 5분쯤 계속 흔들렸어. 커다란 창이 달달 떨리고 소리가 끊이질 않으면서 극장 바닥이 같은 방향으로 계속 흔들렸어. 어떤 식당에서는 텔레비전이 떨어져 깨지면서 손님들이 다 놀라서 도망갔대. 너무 무서웠어. 만일 지진 나면 우린 어떻게 돼? 차라리 이렇게 끝나버리면 좋겠어."

나는 두려움에 떨고 있는 수진의 손을 힘주어 잡았다.

"괜찮을 거야. 우린 다른 사람을 해친 적도 없고 나쁜 일을 한 적도 없어. 괜찮을 거야. 덩칫값 좀 하세요."

수진의 머리칼을 천천히 쓰다듬고 두피를 눌러주었다. 아무리 태연한 척해도 불안감이 가시지 않았다. 공포감이 사라지길 바라는 심정으로 냉장고 구석에 넣어두었던 크래커와 철가루를 꺼냈다. 크래커에서도 이상한 냄새가 나는 것 같았다. 우리는 작은 플라스틱 수저를 들고 철가루를 먹었다. 진짜 철가루는 아니었지만 부림지구에서만 팔았다. 철가루 색깔의 과자를 곱게 갈아 파우더 상태로 유리병에 담아둔, 부림지구 인간들만의 간식이었다. 부림지구에서는 철가루를 먹으면 귀신을 쫓아낼 수 있다고 믿었다. 나쁜 일이 일어나는 걸 미리 막을 수도 있다고 믿었다. 철가루를 먹을 때면 왠지 어린아이가 된 기분이 들었다. 철가루를 먹고 어린 시절로 돌아갈 수 있다면, 다시 살 수 있다면 지진을 막을 수 있을까. 지진은 도대체 무엇 때문에 우리에게 온 걸까.

수진은 내 무릎을 베고 잠들었다. 나는 창으로 내다보이는 부림타운의 저녁 하늘을 뚫어지게 보았다. 어쩌면 가장 평화로운 순간이었을지 모른다. 곧 전등갓이 흔들렸고 속이 터진 소파 위에 비스듬히 누운 수진의 몸이, 집이, 땅이 맷돌 위를 돌듯 동그랗게 돌기 시작했다.

"지진을 무엇에 비유할 수 있을까요?"

연구원이 물었다. 평소에 하던 어떤 놀이 경험을 떠올

려보라고도 했다.

"놀이 경험요? 지진은 그냥 다 무너지는 거예요. 겪어놓고도 그렇게 말해요? 놀이에 비유하는 건 말이 안 되는데."

우리는 머리를 감싼 채 바닥에 주저앉았다. 붉은 앵무새와 반려 오리가 흥분해서 기이한 소리를 내며 네모난 벽을 따라 미친 듯이 방 안을 돌았다. 흔들리는 문을 거칠게 밀어 열고 겨우 방에서 빠져나갔다. 일렬로 늘어선 작은 방들이 꽈배기처럼 꼬일 듯 요동쳤다. 전화방 입구에 걸려 있던 커다란 괘종시계가 바닥에 떨어지며 박살 났다. 우리는 바깥으로 빠르게 뛰쳐나갔다. 이미 어떤 건물들은 사이좋게 이마를 맞댄 채 기울어 있고, 벽 한가운데가 터지고, 지붕이 달아나고, 개와 고양이와 사람 들이 미친 듯이 날뛰었다. 그 무엇도 못 버텼다.

수진은 지금 어디에 있을까. 오리는? 앵무새는? 수진을 찾는 게 이토록 어려운 일일 줄 몰랐다. 나는 그녀가 땅속에 묻히지 않았기만을 바란다. 만약 땅속에 묻혔다면 내 손으로 모든 흙을 다 파서라도 수진을 구해야 한다. 나는 지금도 혼잣말을 한다. 수진아, 또 지진이 나면 나를 데리러 올 거지? 내가 죽으면 보러 올 거지? 차가운 땅속에 들어가기 전에 언니 한번 안아줄래? 나쁜 상상들은 하고 싶지 않다. 바라건대, 어느 날 수진이 내 앞에 나타나기를, 우리가 다시 만나기를, 부림지구 사람들만의 간식인 붉은 철가루가 오줌에 섞여 나오는 걸 보고 둘이 같이 깔깔거리며 웃게 되기를. 자살만은 하지 않기를. 흙속에 파묻히지는 않기를.

연구원은 자신이 부림지구 지역연구로 박사학위를 받은 사람이라며, 부림지구에 대해 많은 걸 알고 있다고 했다.

"유진씨, 부림지구의 대표적인 문화나 정서 같은 거, 생각나는 거 있어요?"

그 말을 듣고 나는 깔깔 웃었다.

"문화라, 그런 건 잘 모르겠고 여긴 그냥 철이 많아요. 철요."

"아, 철요. 그건 그렇죠. 제철단지니까. 그런데 왜 웃으세요?"

"몰라요, 그냥 웃겨요. 문화라는 말이 웃겨요."

연구원도 고개를 끄덕이며 웃었다.

지금의 부림지구는 내가 알던 부림지구가 아니다. 부림지구는 지진 이후 피난 지시 구역이 되었다. 나는 부림지구가 다시 예전의 부림지구가 되길 조용히 기다리고 있다. 언젠가 그곳에서 전처럼 조용히 살 수 있게 될까. 외상후 스트레스 장애 증상이 사라지면 그렇게 될 수 있을지도 모른다고 연구원은 말했다. 재해를 당한 사람들은 대부분 다시는 재해를 겪은 곳으로 돌아가지 않는다. 또다시 재해가 들이닥칠 것을 두려워하기 때문이다. 그렇다면 부림지구에는 무엇이 남을까. 철 구조물이 남을 것이다. 그리고 먼지와 화학물질도 남을 것이다. 부서진 것들이 남을 것이다.

빅 원이 온 그날 부림지구는 밤새 공포에 떨었고, 사람들이 부림지구를 벗어나기 시작했다. 대부분의 집들이 벽과 지붕이 파손됐고, 거리의 비교적 큰 건물들도 전신주

도 장난감처럼 툭툭 잘리고 초콜릿바처럼 조각났다. 키가
큰 나무들도 싱겁게 부러졌다. 부러지고 꺾인 것들 천지
인 검고 그을린 세상이 되었다. 누가 이런 일을 상상이나
했을까. 한번도 상상한 적이 없는 일이었다.

수진과 나는 원형극장 앞 공터로 갔다. 누가 말해주지
않았지만 사람들은 알아서 그곳에 모였다. 계절이 언제인
지, 밤인지 낮인지, 몇시인지, 어떤 행동을 해야 하는지 아
무것도 알 수 없었다. 우리는 거기서 곤죽이 되어 다 무너
져버린 부림지구와 부림타운을 가만히 내려다봤다. 부림
지구의 제철단지 용광로만이 형체를 그대로 유지한 채 서
있었다.

사람들은 계속해서 부림지구에서 빠져나갔다.

"언니, 우리 엄마한테 가자. 우리 엄마는 시장에 처박혀
있어서 지진이 났는 줄도 모를 거야. 가자, 빨리."

수진의 엄마는 재래시장에서 장사를 했다. 그때까지도
수진과 나는 서로의 팔짱을 끼고 앉아 있었는데, 그게 마
지막이 될 거라고는 상상조차 하지 못했다.

"아니, 난 여기 있을래!"

순간, 수진이 눈을 동그랗게 떴다.

"진짜? 그래 그럼. 난 금방 갔다 올게, 언니."

"그래 빨리 갔다 와."

그게 우리의 마지막이었다. 우리는 악수도, 포옹도 하지 않았다. 그때 수진을 따라갔다면 내 인생은 좀더 편안해졌을지도 모른다. 나는 왜 꼭 부림지구에 남아야 한다고 생각했을까. 아무도 남으라고 말한 사람은 없었는데 말이다.

수진은 나보다 열몇살쯤 어렸는데 내가 오히려 수진을 더 따랐다. 다른 업주들은 화가 나면 내 뺨을 때리거나 머리통을 벽으로 밀어붙이곤 했는데, 그애는 사장이면서도 나를 무시하지 않았다. 연구원이 지진으로 인해 헤어진 가족이 있느냐고 물었을 때 나는 수진의 이름을 몇번씩 거듭 말했다.

"꼭 찾아주세요. 이 사람은 꼭 찾아주셔야 해요."

연구원은 표정이 싸늘해지며 고개를 저었다.

"제 여동생도 찾지 못했어요. 재난센터에서는 가족이 아니면 찾아드릴 수 없을 거예요. 실종자가 너무 많잖아요."

이미 여러번 들은 말이었다. 찾아주지도 않을 거면서 신청 서식을 쓰게 하고, 인터뷰까지 했다. 게다가 그들은 이재민들 몰래 과자를 먹었다. 역겨웠다. 이재민이 된 후 뭔가 포기하는 것이 습관이 돼버렸지만 그들의 비겁한 행동은 나중에라도 꼭 고발하고 싶었다. 배가 고픈 이재민들을 두고 어떻게 과자를, 지들만 먹을 수 있단 말인가.

부림지구 외곽의 공동주택에 살던 나는 어느 날부터 부림타운 안 수진의 가게로 들어가 살기 시작했다. 가게와 집이 한 건물 안에 있어 자연스럽게 그렇게 되었다. 수입이 거의 없어서, 방이 하나뿐인 내 집에 들어가는 생활비조차 감당할 힘이 없었다. 그렇다고 해서 스스로 생명을 끊어버린다거나 극단적인 행동을 할 용기 같은 건 더더욱 없었다. 굶거나 죽는 것보다는 자존심을 버리는 게 훨씬 쉬웠다.

수진을 처음 만날 날, 나는 녹슨 파쇠더미가 켜켜이 녹슬어가는 숲에서 제철단지 쪽을 보고 서 있었다. 두 다리가 방주처럼 굵고 덩치가 큰 여자가 등산화를 신고 내 쪽으로 걸어왔다.

"혹시 이곳 분이시면 여기 얘기 좀 해주실래요?"

왜 그런지 여자는 땀을 흘리고 있었다. 나는 그냥 거절하고 싶었다. 낯선 사람과 말하고 싶지 않아 바로 풀숲에서 나와버렸다. 여자의 옷차림도 얼굴도 엉망진창이었기 때문이었다. 이후 여자는 어깨에 오리 한마리를 얹고 부림타운으로 이사 왔다. 여자는 늘 오리를 데리고 다녀 유명해졌다. 그게 수진이었다. 나는 지갑의 비닐 커버 속에 넣어두었던 수진의 사진을 꺼내 연구원에게 보여주었다. 우리 둘 한가운데 전체적으로 희고 부분적으로 노란색인 오리가 한마리 있었다. 연구원은 우리의 얼굴이 조금 닮았다고 했고, 수진과 나보다는 반려 오리에 더 관심을 보였다.

그때는 이미 제철단지가 가동을 멈추고 부림지구가 폐쇄구역으로 지정된 뒤였다. 재개발계획이 중단되면서 부림지구 사람들의 생계는 부림타운을 중심으로 이루어졌고, 서비스업이 거의 다였다. 새로운 일자리를 찾는 사람들은 벌써 부림지구를 떠났고 몸이 아픈 사람들, 갈 곳 없는 사람들만 남은 상태였다. 대도시에서 실패한 어중이떠중이들만 부림지구로 모여들었다. 수진은 겉으로 보이는 것과 달리 안타깝게도 상습적으로 자살을 시도하는 사람이었다. 왜 그래야 하는지 이해하기 어려웠지만 그랬다.

"편안한 대화의 장소, '수진대화방'이 제 직장이었어요."
연구원은 대화방이라는 직종은 처음 듣는다며, 자신은 인생 경험이 많지 않아 그런 직종은 잘 모른다고 했다. 모르는 건 나도 마찬가지였다. 그런 곳이 처음이었던 나는 거기서 캐셔도 하고 맥주나 생수, 스낵 종류와 가벼운 유머모음집 같은 것을 팔았다. 물론 화장실 청소, 걸레질도 내 몫이었다. 차르륵차르륵거리며 카드 리더기가 돌아가는 소리는 늘 기분 좋았다. 수진은 갈색 양복에 운동화를 신고 더러운 야구모자를 쓴 비쩍 마른 남자가 미국 서부

49

의 사막을 배경으로 서 있는 커다란 포스터를 사무실 벽에 붙여놓았다. 장식이라고는 그 포스터 한장뿐이었다. 뚫어지게 쳐다보고 있으면 어느 순간 사진 속으로 빨려들어가 사막 한가운데로 몸이 이동하는 것처럼 느껴졌다. 나는 여행 가고 싶을 때마다 그 포스터를 오래 쳐다보곤 했다. 수진이 온몸에 힘을 빼고 커다란 몸을 그 사진에 기대고 서서 나한테 할 일을 시키는 순간이 있었는데, 그때 수진은 참 멋졌다.

처음엔 그 방에 들어가 뭘 해야 하는지 모르던 부림타운 사람들도 곧 이용법을 숙지하게 되었다. 그날 마지막 손님은 부림타운에서 식재료 트럭을 모는 한 단골이었다. 그는 얼마 전에 아내를 잃고 매일매일 와서 전화기를 붙들고 울었다. 허스키한 목소리로 테이블 양쪽을 두 손으로 짚은 채 전화통에 머리를 대고 눈물, 콧물, 침을 떨어뜨리며 울었다. 그날은 아르바이트생이 몸살기가 있다고 출근을 하지 않아 내가 전화기를 잡았다. 상대방에게 이쪽 모습이 안 보였기 때문에 가능한 일이었는데, 사실은 한

두번 해본 게 아니었다. 나는 코를 막고 가능한 한 힘없고 슬픈 목소리를 내보려고 노력했다.

"아줌마도 하늘에서 보고 있을 거예요."

그렇게 말하자 그는 더 울었다. 나는 살짝 장난기가 발동했다.

"여보, 꼭 나를 데리러 와요."

대답은 바로 들렸다.

"내가 트럭 몰고 당신이 있는 데로 갈게. 꼭 갈게. 빨리 만나자!"

그는 그제야 안정을 찾은 듯 머리를 쳐들고 콧물, 눈물 범벅이 된 얼굴을 매만지며 마지막으로 한번 더 흐느꼈다. 그럴 때, 뭔가 한마디 더 결정적인 말을 해줘야 했다.

"당신이 올 때까지 기다리고 있을게요. 당신이 올 때까지 살아 있을게요."

그는 완전히 무너져내리며 오열했다. 나는 바깥으로 나가 아직도 울고 있는 그의 어깨를 툭 쳤고, 그는 미친 듯이 울었다. 그러고 나서 뭔가 좀 정화된 것 같은 맑은 얼굴로 카운터 앞을 지나가며 인사를 하고 나갔다. 여보라니, 당신이라니 난생처음 써본 역겨운 말이었다. 그러거나 말거나 나한테 가게를 맡겨놓고 수진은 하루종일 제철단지 주변을 돌아다녔다. 전화기로 하는 내 연기는 나날이 발전했다.

수진이 떠나고 다시 지진이 왔다. 강력한 여진이었다. 길이 수직으로 깊이 패고 가로수와 대부분의 전신주가 다 쓰러지고 변압기가 폭발했다. 지진은 모든 것을 마구 뒤섞어놓았다. 나는 미친 듯이 재난센터로 달려갔다. 이재민들이 몰려와 실종된 가족을 찾고 있었다. 재난센터 근무자들은 신고자의 가족이 아닌 사람은 생사 여부를 알아봐줄 수 없다는 말만 반복했다. 실종된 가족들을 찾아주기에도 인원이 부족하다는 것이었다. 나는 그래도 수진을 찾고 싶었다. 어쩌면 이 모든 얘기를 수진에게 하고 싶은 것인지도 모르겠다. 나중에는 오히려 내가 먼저 센터 사람들에게 물었다. 그렇다면 여기서 해줄 수 있는 건 뭐냐고. 그들은 대답 대신 과자 하나와 마스크 한장을 주었다. 수진은 엄마를 만났을까. 아마 만났을 것이다. 그리고 수진을 만났거나 본 사람이, 어딘가에는 분명 있을 거라고 나는 지금도 믿고 있다.

두번째 지진이 나고, 나는 한참 만에 구조되었다. 구조되기까지 나는 흙구덩이에 빠진 여자였다. 내가 빠진 지점이 어디쯤인지 잘 알 수 없었다. 부림타운 어딘가, 길바닥에 앉아 있었던 것만 기억난다. 흙은 견고했다. 흙에 파묻힌 몸은 의지대로 움직여지지 않았다. 누군가 도와줄 사람을 불러야 하는데, 어떤 이름도 생각나지 않았다. 아무 데서나, 아무 때나 자주 만났던 노숙자들은 다 어디로 갔는지, 주위에는 아무도 없었다. 하지만 이상하게도 점차 마음이 편해졌다. 내 몸은 지금 부서지고 있구나, 우리는 모두 부서지기 쉬운 것들에 불과하구나, 아무리 기다려도 날 구해줄 사람은 오지 않겠구나, 아주 천천히 깨달았다.

세상을 절단 내버리려는 듯한 타공 소리가 들리고, 코끝엔 맵싸한 화약약품 냄새가 떠다녔다. 다리 끝의 발가락은 땅에 박힌 건지, 어느 방향에서 공중부양 중인지 아무런 감각도 전해져오지 않았다. 골반 쪽이 짝짝 쪼개지는 것처럼 아팠다. 젖은 먼지가 거미줄처럼 얼굴 위로 뚝뚝 끊기며 떨어졌다. 어둠속에서 개들이 박박 악을 쓰듯 짖었다. 주변의 모든 것들이 공기 중에 대고 엄청난 에너지를 토해냈다. 사람들이 바다사자들처럼 길 위에 널브러졌다. 찢어진 신발, 비닐 천막, 플라스틱병, 벽돌, 깨진 유리병, 엉킨 전선, 원목 프레임 같은 온갖 잔해가 내 어깨 쪽으로 파도처럼 몰려와 쌓였다.

뭐든 해야 했다. 5초에서 10초 정도, 두 팔을 팽팽하게 만든다는 느낌으로 움직여보려고 했지만 팔이 자유롭게 움직여지지 않았다. 다시 또 몇초 정도 팔에 힘을 주어 몸의 균형을 찾으려고 시도했다. 바로 그때 뭔가 툭 하고 균형을 깨는 소리를 내며 튀어나왔는데 그건 바로 오른팔이었다. 그러더니 나머지 사랑스러운 왼팔도 이내 오른팔을 따라 튀어나왔다. 아직 잘려나가지 않고 붙어 있는 귀여운 내 팔들, 나는 손가락을 접었다 폈다 하면서 소리 내어 웃기까지 했다. 다친 곳은 없는지 손목 관절을 흔들어보았다. 그러고 나서 나도 모르게 손가락을 입속에 넣었다. 두려울 때는 왜 어린애 같은 행동을 하게 되는지. 흙구덩이에서 빠져나가고 싶었고 흙속에 파묻히고 싶지 않았다. 체온이 전혀 느껴지지 않아서 몸이 온전한 것인지 도무지 알 수 없었다.

구조될 때까지 나는 계속해서 흙구덩이에 빠져 있었다. 머리 위에 불투명한 비닐봉지와 비슷한 색의 커다란 물체가 보였다. 자세히 보니 애드벌룬이었다. 더 자세히 보니 돔처럼 가라앉은 하늘이었다. 불투명한 더께가 하늘 전체를 뒤덮고 있어 숨이 막혔다. 한여름의 열돔 현상을 체험하는 것 같았다. 먼 미래의 일인 듯, 영화관에서 팝콘 먹으며 봤던 열돔 장면 속에 내가 들어와 있다니, 전혀 믿을 수가 없었다.

그때 허리께에서 어떤 진동이 느껴졌다. 하체가 다 날아간 줄 알았는데 다행스럽게도 아직 붙어 있었다. 그리고 다시 박박 개 짖는 소리가 들렸다. 침을 흘리는 커다란 개 한마리가 당장이라도 눈앞에 나타날 것처럼 공포스러운 순간이었다. 하지만 개라도 나에게서 멀어지지 않기만을 바랐다. 개 짖는 소리라도 밤새 들려온다면 두렵지 않을 것 같았다.

"저기요? 여기요, 여기 좀 봐주세요."

겨우 목에 힘을 주고 최대한 큰 소리로 말했지만 주위에는 아무도 없었다. 양팔을 머리 뒤로 향하게 한 뒤 목과 허리를 부풀리는 느낌으로 몸에 최대한 힘을 주었다. 다행히 내 몸이 무거운 바위나 철근 같은 것에 깔리지는 않았다는 확신이 들었다. 순간적으로 허리 쪽의 홀이 조금은 느슨해지면서 다리가 더 깊은 아래로 힘을 받으며 축 늘어져버렸다. 그래도 몸이 온전히 제대로 붙어 있는지는 여전히 알 수 없었다. 코끝에서 썩은 계란 노른자 냄새가 진동했다. 머리가 박살 나서 기억을 할 수 없는 게 아니라면, 계란 냄새는 화산 폭발이 있을 때 나는 냄새라고, 매달 첫번째 월요일에 했던 재난안전 대응훈련에서 수도 없이 배웠다.

내가 흙구덩이 안에서 안전하게 빼내진 것은 그로부터도 한참 뒤였다. 빨간색 방역복을 입은 사람들이 한심하다는 듯이 나를 내려다보고 서 있었다. 배 부분이 네모난 모양의 커다란 흰색 벨트로 장식된 방역복은 특이했다. 우주복을 입은 것처럼 그들에게 빈틈이라고는 없었고, 누구보다도 가장 안전해 보였다. 왜 이재민들에게는 방역복을 주지 않았을까. 우리도 그걸 입었다면 덜 두렵고 보다 안전했을 것이다. 나는 화분에 심어진 식물처럼 땅에 박힌 채 거의 실신 상태였다. 방역복을 입은 사람이 무슨 말을 했는데, 헬멧을 쓰고 있어서 뭐라고 하는지 잘 들리지 않았다. 두번째 말했을 때에야 입 모양을 보고 알았다.

"구조하겠습니다."

그 사람이 무릎을 꿇고 앉아 내 얼굴 가까이 빨간색 헬멧을 대고 다시 한번 말했다.

"구조한다구요. 이봐요 아줌마, 내 말 들려요?"

헬멧을 쓴 사람은 남자였다. 그 남자가 입은 것과 똑같은 디자인의 방역복을 입은 사람 두명이 더 와서 나를 내려다보았다. 버려진 배추더미나 돌무더기를 보는 것과 똑같은 자세였다. 그래도 그렇지 아줌마라니, 예의라고는 없는 사람들이었다.

"흙더미에 아주 콱 파묻히셨네요."

한 사람이 다가와 입에 플라스틱 마스크를 걸어주며 말했다. 이제는 구조된다는 확신이 들었지만 그의 웃음소리가 불쾌하지 않은 건 아니었다.

"구조, 구조 중, 흙구덩이에 빠진 신원 미상의 중년 여성, 현재 구조 중입니다. 이상."

이름을 말하고 싶어 목을 움직이려고 시도했다. 나도 이름이 있으니까. 나이도, 주소도, 직업도 다 말해줄 수 있었다.

"어이, 움직이지 마세요."

그들이 제지했고, 곧 땅을 파기 시작했다. 커다란 바퀴가 헛도는 것 같기도 한, 총에 맞은 멧돼지가 낼 법한 소리가 들려왔다. 소리가 커서 저절로 눈이 감겼고 눈을 감은 채 혀를 물지 않도록 조심하며 이를 악물었다. 그냥 치과 치료 중이라고 상상하기로 했다. 차가운 도구로 잇속을 쑤시고 가느다란 신경줄을 불로 지지는 과정. 뭔가 타는 냄새가 잦아들면 치료는 곧 끝날 것이고 언제 그랬냐는 듯 모든 것이 좋아질 것이다. 얼마 안 가 방역복을 입은 사람 세명이 달려들어 화분에서 흙을 털고 식물 밑뿌리를 꺼내듯, 내 몸을 달랑 들어 올려 곤죽이 된 땅 위에 꺼내놓았다. 자동차에서 가져온 들것을 바로 내 옆에 내려놓았는데, 내가 눕기에는 면적이 작아 보였고 군데군데 갈색 핏자국 같은 얼룩이 묻어 있었다. 그래도 그 순간은 죽지는 않겠다는, 살았다는 생각이 들었다. 두 사람이 양쪽에서 내 팔을 잡았고 또 한 사람이 등 뒤에서 안았다. 나는 그때까지도 아직 화분에서 꺼내지지 않은 상태였다.

"하나, 둘, 휙. 하나, 둘, 셋, 휘익."

사람들이 나를 구하기 위해 애쓰는 소리를 듣자 좀 미안해졌다.

"저기요, 그래도 좀 천천히 꺼내요. 난 화초가 아니잖아요."

소리칠 수밖에 없었다. 그러거나 말거나 그들은 내 몸을 감싸고 있는 주변의 흙을 계속해서 파냈다. 컵케이크 모양으로 계속 파내는 중이었다. 그 상태로 멍청하게 있는 나를 보고 방역복을 입은 사람이 말했다.

"인간 화분 같으시네요!"

내 몸의 접힌 부분마다 흙이 묻어 있고 작은 틈새마다 흙이 들어차 있었다. 그들이 내 몸에 묻은 흙을 털어냈다. 움직이지 않는 허리 아래의 감각을 살려보려고 몸을 움쩍거렸다. 누군가가 담요를 들고 내 쪽으로 걸어왔다.

"내 꼴이 어떤가요, 도대체?"

그는 대답하지 않았다. 바지는 다 찢어져 간신히 엉덩이에 붙어 있고 고관절 아래는 마치 고무인형처럼 정맥류 스타킹을 신은 채였다. 지진이 났을 때 바지를 입고 있었는지, 치마를 입고 있었는지조차 기억나지 않았다. 내 정맥류 스타킹을 사람들에게 보이다니! 사람들이 나를 바보천치 보듯 할 게 틀림없었다. 타조 무늬처럼 검은 가로줄무늬의 흙이 스타킹에 잔뜩 묻어버렸다. 담요를 가져온 사람이 내 다리 위에 덮어주며 큰 소리로 물었다.

"이름을 말씀하세요. 혹시 신분증 있습니까? 누구세요? 몇살이에요? 어디 살아요? 혈액형은 어떻게 되세요? 아무 말이나 해보세요. 본인이 누군지 알 수 있는 증거가 있으면 다 보여주세요. 어떤 거라도 좋아요."

몸이 와들와들 떨렸다. 구조대원도 힘들어 보이기는 마찬가지였다. 그 사람의 검은색 헬멧이 나동그라지며 내 무릎께로 굴러떨어졌다. 헬멧 안쪽, 머리둘레 사이즈를 알려주는 네모난 라벨에 땀자국이 보였다. 담배를 피우고 있는 구조대원에게 물었다. 뭔가 드라마틱한 얘기가 있을 거라고 기대한 건 아니었다.

"제가 여기 있는 걸 어떻게 안 거죠?"

"지나가다가 우연히 봤어요."

지진도 우연이 아니었다면 받아들이기 쉽지 않았을 것이다. 구조대원은 정확하고 감정 낭비가 없어 보였다. 그는 담배를 피우며 빈 담뱃갑을 구겨 아무렇게나 던졌다.

"여기서 잠깐만 기다려요. 저쪽에 가서 부상당한 사람

들 데리고, 다시 올게요."

그가 탄 차 뒤꽁무니가 울퉁불퉁한 노면 위에서 풍랑을 만난 배처럼 지그재그로 흔들렸다. 의약품이나 뭔가 먹을 것을 가지고 다시 오겠지, 나는 미소를 지으며 차를 향해 힘차게 팔을 흔들었다.

시간이 가면서 원형의 벽이 둘러싸인 것처럼 보이는 하늘은 스티로폼을 붙여 막아놓은 듯 점점 더 불투명해졌다. 아예 하늘이 보이지 않았다. 여러겹의 합판을 덧대어 만든 유명 쇼핑 아케이드의 가짜 천장 아래 서 있는 것 같았다.

해가 졌다. 개도, 고양이도, 종교인도, 자동차도, 군용 수송 헬기도, 방송국도, 포클레인도, 불도저도, 구조대원도 아무도 오지 않았다. 나는 커다란 시멘트 잔해 뒤에 숨죽인 채 앉아 있었다. 엉덩이는 축축했고, 다리가 마음대로 움직여지지 않았다. 붉은 기운이 내 몸을 감싸 안아 하늘로 던져 올려버릴 것처럼 무서운 기세로 땅으로 내려왔다. 커다란 망치로 강철을 두드려 패는 듯한 불규칙한 소리들이 계속해서 들려왔다. 온통 부서진 것들 천지였고 계속해서 뭔가 더 부서지는 중이었다. 침대가 그리웠다. 엎드려 얼굴을 묻을 수 있는 푹신한 감촉, 허브향이 나는 쿠션, 적당히 어둡고 따뜻한 조명이 그리웠다.

큰 돌무더기들이 길에 널브러져 있고, 어디가 어딘지 도무지 알 수 없었다. 지나다니는 사람이 한명도 보이지 않았다. 일제히 어두운 색깔의 커튼을 단 것처럼 어두웠고, 내 주변에는 온통 잿빛을 뒤집어쓴 감당할 수 없는 크기의 흙더미가 압도할 만한 스케일의 산처럼 쌓여 있었다. 부림지구의 땅은 굴착기로 낱낱이 판 뒤 한켠씩 뒤섞어놓은 것처럼 보였다. 내가 알고 있던, 늘 지나다니던 부림지구는 납작하게 무너져내린 채 옆으로, 옆으로 확장중이었다. 경계도 없이 뭉개어진 붉은 땅은 저 혼자서 격렬하게 흔들리다 멈추곤 했다. 그때였다. 누군가가 내 목을 팔로 휘감은 뒤 한 손으로 얼굴을 때렸다. 나는 땅으로 곤두박질쳤다. 어두워서 실루엣만 보였지만 분명 사람이었다. 여자인지 남자인지 알 수 없는 실루엣이 다시 나한테로 엉겨 붙었다. 이게 바로 말로만 듣던 좀비구나, 놀라서 중얼거렸다. 그러고는 손에 잡히는 묵직한 돌멩이를 들어 상대를 향해 던졌다. 상대가 힘없이 쓰러졌고 나는 겁 없이 달려가 늘어진 몸을 발로 찼다. 내 몸에 겨우 붙어 있던 바지가 찢어져버릴 정도로 심하게 발길질을 했다. 상대는 신음조차 내지 못할 정도로 납작하게 고꾸라졌다. 좀비도 별게 아니었다.

그곳에서 벗어나기 위해 온 힘을 다해 걸었다. 산 위의 풍력발전기 날개들이 잘리거나 뽑힌 채 비스듬히 쓰러져 있고, 늘 철의 긴장이 넘치던 제철단지 건물들은 지붕이, 벽이 뭉그러진 채 잿빛 풍경 안으로 흡수된 듯 찌그러졌다. 무너지지 않은 제철단지만 보이면 되는데 어딜 가도 전혀 보이지 않았다.

밤이 깊도록 나는 구조되지 못했다. 우선 모서리 부분이 땅에 박힌 철제 쓰레기통을 죽을힘을 다해 똑바로 세웠다. 쓰레기봉투 몇개의 옆구리가 저절로 터져서 알 수 없는 내용물의 지진 쓰레기가 쏟아져 나왔다. 그래도 어쩔 수 없었다. 집인 듯 철제 쓰레기통 안에 들어가 무릎 위에 두 팔을 올린 채 오만상을 찌푸리고 앉아 있었다. 좀비의 몸에서 나던 지독한 냄새가 고스란히 내 몸에 옮겨붙어 숨을 쉬기가 힘들었다. 악취 때문에 밤을 꼬박 지새울 것 같았지만 금세 잠이 왔다. 컹컹 개 짖는 소리가 들려 퍼뜩 눈을 떴다. 너무 무섭고 추워서 냄새 따위는 전혀 상관없었다. 이를 떨다가, 독한 술 한잔만 마실 수 있다면 좋겠다고 중얼거렸다. 술, 술 한잔만! 지금 당장 누군가가 술 한잔만 준다면 목숨이라도 내놓을 수 있었다. 다 마시고 졸도해버리고 싶었다. 곰인형을 안듯, 폐기물 쓰레기봉투 더미를 두 팔로 꼭 안았다. 화공약품 냄새고 뭐고 더러운 게 중요한 게 아니었다. 나는 개 소리를 들으면 바로 1초 안에 공포를 느끼는 겁쟁이에 불과했다. 쓰레기통 안에 숨어 있을 수 있다는 것만으로도 행운이었다.

하룻밤을 버티려면 쓰레기통 안에 공간을 만들어야 했다. 먹은 것도 없는데 오줌은 자꾸 마려웠다. 쓰레기봉투를 한쪽에 대충 쌓아 올리고, 그 자리에서 오줌을 누었다. 오줌이 쓰레기통 틈으로 떨어져 땅으로 스며들기를 바랐다. 몸이 떨리며 한기가 느껴졌다. 체온을 떨어뜨리지 않는 것이 핵심이었다. 발바닥과 무릎, 두 팔, 두 손 그리고 얼굴까지, 모든 접촉면을 붙이고 몸을 동그랗게 만 채 눈을 꼭 감고 자보려고 노력했다. 내가 왜 이런 일을 당하는지 분하고 억울했지만 쓰레기통에 대고 화를 낼 수는 없었다.

문제는 아침에 생겼다. 철제 쓰레기통에서 바깥으로 안전하게 나올 방법을 찾아야 했다. 통 옆면 모서리에 누운 채, 체중을 이용해 쓰레기통 전체를 쓰러뜨렸다. 땅바닥에서 몸을 일으켰고 다시 쓰레기통을 바로잡아 세웠다. 그 방법밖에는 없었다. 배가 고파서 허리가 저절로 굽어졌다. 흔하디흔했던 참치 깡통, 음료수병, 음식은 아니어도 달달한 액체가 조금이라도 남아 있어 빨아 먹을 수 있는 양념병이라도 찾고 싶었다. 끈끈한 흑설탕이면 더 좋을 텐데. 설탕 생각이 간절했다. 정맥류 스타킹은 새까맣

66

게 때가 낀 채 아프게 살을 파고들었고 온몸이 미역 줄기처럼 축축하게 젖었다. 천 같은 것이 보이면 높이 들어 허공에 흔들고, 막대기가 보이면 그것으로 부서진 가구를 두드렸다. 아무도 나를 도와주러 오지 않았다.

"이봐요! 여기요, 여기 좀 봐요. 여기라니깐! 나 좀 봐주세요."

사람인지 아닌지도 확인하기 어려운 실루엣이 여기저기서 조금씩 흔들리는 것처럼 보였다. 그러나 눈을 똑바로 뜨고 보면 아무것도 없었다.

"여기요."

내가 한 말이 허공을 살짝 건드리고는 다시 돌아왔다.

주워다 놓은 노란 천을 펼쳐 어깨 위에 걸쳤다. 뻣뻣한 재질이라 발짝을 뗄 때마다 천 자락이 부딪는 소리가 커다랗게 들렸다. 내 발짝 소리인데 누군가가 저벅저벅, 나를 향해 가까이 다가오는 것 같은 착각이 들었다. 천이 무릎에 닿는 소리, 서걱거리는 소리가 돔 하늘 밑을 가득 채웠다. 아주 천천히 한발짝씩 곤죽이 되어버린 땅을 귀신처럼 밟고 걸어 다녔다. 누가 보면 딱, 나이 든 여자 좀비라고 했을 것이다. 울퉁불퉁한 땅을 밟는 기분은 이상했다. 곤죽이 된 땅을 밟으면 밟을수록 엄마가 했던 말이 떠올랐다.

"트럭에서 막 끌어내린 소가죽을 밟고 서 있는 기분처럼 더럽군. 트럭에서 막 끌어내린 소가죽을 밟고 서 있는 기분처럼 더러워! 트럭에서 막 끌어내린 소가죽을 밟고 서 있는 기분처럼 더럽다고!"

나는 혼자서, 엄마처럼 쉼 없이 떠들었다. 아무 말이나 나오는 대로 지껄였다. 엄마를 생각하면 한숨부터 나오는 건 왜 그럴까. 엄마는 불쌍한 사람이다. 이름마저도 김준식, 남자 이름이다. 남자 동생을 낳아야 한다는 기대로 남자 이름을 갖게 된 엄마. 엄마는 10대 후반부터 20년 동안 N시 외곽의 가죽공장에서 일했다. 학교라고는 가본 적이 없고 혼자서 글자를 배우고 익힌 사람이다. 나는 그 울퉁불퉁한 길 위에서, 가죽공장에서 일하는 엄마가 되었다. 그리고 엄마처럼 말했다.

"소가죽 원피가 도착하면 우리는 저만치 넓은 공장 안에서 하체를 가리는 고무바지를 입고 소가죽 원피 위에 올라갔어. 약을 뿌리면서 살살 밟았지. 안에 있는 원피들이 상하면 안 되기 때문에, 기술적으로 잘 밟아야 하거든."

 도살장에서 막 벗겨져 트럭에 실려 도착한 소가죽 원단의 엄청난 무게, 또 구역질 나는 냄새들이 내 기억 속에 있는 것처럼 되살아났다. 오염 처리 과정을 앞둔, 눈앞에서 출렁이는 원피더미, 거기에 달라붙어 오염물질을 떼어내는 사람들. 그중에 한 사람이 엄마였고 엄마가 나였다. 내가 이 지진에서 살아 나간다 하더라도 어쩌면 가난했던 우리 부모의 삶 정도도 살지 못하고 죽을 것이다. 틀림없이 그럴 것이다.

 "안 그래? 이봐요."

 나는 여전히 혼자 떠들었다. 소가죽이 도착한 날, 온 공장 사람들이 모여 원피 바로 밑에 붙은 지방덩어리 고기를 잘라내어 숯불에 구워 먹었다. 엄마는 원피의 바로 아래층에 붙은 그 기름덩어리가 세상에서 제일 맛있다고 했다. 내 머릿속은 온통 그 고기 생각뿐이었다. 너무나 배가 고팠다. 참을 수 없이 배가 고팠다.

몸에 붙은 진흙을 손톱으로 긁어내는 것 말고는 할 일이 없었다. 내 몸의 흙이 다 마르기도 전에 나는 정신을 잃을지도 몰랐다. 누군가가 날 구조하러 올 거라는 믿음은 시간이 가면서 느슨한 그물망 사이로 빠져나가버리듯 점차 사그라들었다.

연구원과 일주일에 두번 정도 인터뷰했다. 처음엔 납작하고 기다란 모양의 녹음기를 사용했다. 녹음기의 빨간색 불이 깜빡거리기 시작하면 한껏 긴장되면서도 마음으로는 거짓말을 할 준비를 했다. 하지만 비상전력이 공급되지 않으면서 어느 날부터 녹음기를 사용할 수 없게 되었고, 그는 잘 때도 옆구리에 끼고 자는 검정 노트에 인터뷰 내용을 적었다. 녹음기가 없어지자 마음이 더 편했다. 인터뷰의 시작은 늘 똑같았다.

"벙커에서는 무슨 생각을 하시나요? 뭘 하면서 하루를 보내죠?"

매일 같이 있고, 뭘 하는지 다 보면서 그는 그런 질문을 했다. 대피소에 있을 때만 하더라도 말할 기운조차 없었다. 그러다가 내가 지진에서 살아남은 운 좋은 사람이라는 걸 깨닫게 됐다. 어떤 사람은 땅 밑에 깔려 죽거나 흔적도 없이 실종됐다. 그에 비하면 팔과 다리가 제대로 붙어있는 것만도 다행이었다.

부림타운을 돌아다니는 게 하루 일과였다. 단순히 산책만 하는 것은 아니었고 우리도 뭔가를 해야 한다는 책임감 때문에 살아 있는 무언가를 구하러 다녔다. 대장이 먼저 시작한 일이었다. 그러다 내가 대장을 따라나섰고, 나중엔 혜나도 함께했다. 우리는 밖으로 나올 때마다 나뭇가지를 이용해 벙커 개폐구를 잘 가리는 걸 잊지 않았다. 우리의 벙커는 우리가 꼭 지켜야 했다.

모터가 고장 난 기계처럼 한번 나오면 멈추지 않고 계속 걸었다. 지진이 나기 전에는 자동차로 채 10분도 걸리지 않는 거리였는데 걸어서는 한시간도 더 걸렸다. 땅이 울퉁불퉁해 빨리 걸을 수도 없었다. 수십대의 차량이 부서지고 묻힌 바로 그 국도 위였다. 커다란 돌덩어리와 길에 누워버린 나무들, 부서진 전신주 잔해 때문에 걷기가 쉽지 않았다. 혜나가 계속해서 콧노래를 흥얼거리지 않았다면, 한 50년쯤은 계속해서 걷는 것처럼 지루했을 것 같다. 감각을 잃고 엉뚱한 방향으로 가지 않기 위해 정신을 바짝 차려야 했다. 손금 보듯 환히 알던 부림지구의 길들이 낯설다는 게 신기했다.

나는 그 길을 떠올리느라 눈을 감고 있었다.

"뭔가 구하러 다니는 건 우리에게 매우 중요한 의식이에요. 우리가 쓸모없는 인간이 아니라는 걸 스스로 증명하는 일이거든요."

옆에 있던 대장이 갑자기 다가와 웅변하듯 말했다. 그러고는 지저분한 물건을 쌓아둔 벙커 앞의 철제 수납장 뒤로 얼른 들어가 숨어버렸다. 연구원은 거듭 질문했다.

"오늘은 뭘 하셨나요? 뭘 구하러 다니셨나요? 힘들지는 않으셨어요?"

"대단한 일을 한 건 아닌데요."

연구원은 그 지점을 좀더 자세히, 뭔가 좀더 멋있게 철

학적으로 대답해보라고 요구했다. 그러다가 이런 질문은 좀 무리가 아닐까 하는 표정을 짓고는 다음 질문으로 넘어갔다. 연구원도 답답했을 것 같다. 나처럼 아이큐가 낮은 사람을 조사 대상으로 정하다니!

우리는 인명구조팀이라도 되는 듯 부림타운으로 들어갔다. 대장은 커다란 플라스틱 장바구니를 양손에 들고 어깨에 작은 담요를 걸쳤다. 나는 등에 작은 륙색을 멨고 혜나는 흰 무명천 재질로 만든 자루를 들고 어깨에 망토 코트를 걸쳤다. 딱 봐도 우리는 그냥 동네 노숙자들이었다. 울퉁불퉁한 길을 계속 걸어야 했다. 온통 얼룩 천지인 스커트에 구멍이 숭숭 난 니트, 팔꿈치가 찢어진 양복을 잘 갖춰 입은 노인 부부도 열심히 우리를 따라 걸어왔다. 여자 노인의 학처럼 가는 다리가 울퉁불퉁한 도로의 노면에 떨어진 거친 돌에 부딪힐까봐 뒤에서 보기에도 조마조마했다.

"여보, 거기 가면 오렌지를 줄까요? 어떻게 생각해요?

난 오렌지가 먹고 싶어 죽을 것 같네요. 오렌지만 먹을 수 있다면 소원이 없겠는데."

여자 노인은 목 주위를 손톱으로 긁으며 오렌지 타령만 했다.

"저 할머니 돌아가시면 관 속에 오렌지를 넣어드려야겠다."

혜나가 작은 목소리로 말했다. 남자 노인은 여자 노인이 무슨 말을 해도 최대한 친절하게 응대했다.

"이봐요 여보, 오렌지뿐이겠어? 오렌지보다 더한, 깊은 영적인 신세계가 있을 거야. 가봅시다 여보. 우린 평생 도전을 멈추지 않았잖아? 어서 가봅시다."

지진이 나면 생과일은 절대 구할 수 없다. 난 사실 땅콩이 먹고 싶었다. 와삭 하고 부서지는 소리가 나는 바삭한 마른 김도 먹고 싶었다. 맥주와 땅콩, 맥주 한잔 마시고 나서 집어먹는 땅콩 한두알의 고소한 맛이 끔찍하게 그리웠다. 나는 한심한 인간이었다. 걸으면 걸을수록 그런 하찮은 것들만 자꾸 떠올랐다.

조금만 걸어도 금세 피로가 몰려왔고, 먼지바람이 일면 금세 목이 타들어갔다. 걷다가 먼지투성이가 된 발등을 보면 온몸에 기운이 빠졌다. 숨이 턱턱 막히면서 어지러웠다. 머리가 없고 몸통만 남은 닭이 피를 흘리며 신중한 발놀림으로 내 앞을 지나갔다. 홈통 아래에서 달달 떨고 있는 강아지를 땅에서 들어 올리자 배에서 썩은 내장이 흘러 떨어졌다. 진득한 피가 내 배에 묻어나는 순간 세상이 다시는 정상이 될 수 없을 것 같은, 이렇게 끝나버릴 것 같은 절망감에 휩싸였다. 오늘은 좀 나은 것을 보게 되기를 바랄 뿐, 다른 바람은 없었다.

전에 부림타운이었다는 것을 상징하는 표지들은 산산조각이 난 채 길거리에 흩어져 있었다. 부림타운 중앙로였던 곳에 도착하자마자 대장은 지도를 꺼냈다. 대장의 제안대로 부림타운 바-3 구역의 안쪽 깊숙한 곳까지 가기로 했다. 부서진 건물들의 잔해만으로 지도와 맞춰가며 위치를 확인했다. 한번도 가지 않았던 골목길부터 차례로 뒤지기 시작했다. 각자 찾으려고 하는 것이 다 달랐다. 대장은 아직 살아 있는, 버려진 고양이나 개부터 찾았다. 나는 광고지나 전단, 신문지 같은 걸 찾았다. 혹시 수진이 나를 찾는 전단 같은 걸 돌렸을지도 모르는 일이다. 수진이 나를 포기할 리는 없다. 나는 그렇게 믿었다.

우리는 길모퉁이에 있는, 벽의 반이 허물어져 건물 안으로 박혀버린 지역 신용협동조합 건물 앞에서 잠깐 쉬고 있었다. 더러워진 상아색 털을 휘날리며 개 한마리가 우리 앞으로 왔다가 건물 뒤편으로 갔다가 다시 우리 앞으로 왔다. 그러고는 대장의 바지 끝을 물고 놓아주지 않았다. 대장은 개를 따라 건물 뒤편으로 갔고 큰 목소리로 우리를 불렀다. 시신은 건물의 부서진 잔해 위의 비교적 편평한 시멘트 바닥에 모로 누워 있었다. 대장은 가방에서 장갑을 꺼내 양손에 끼었다.

"굶어 죽었네요."

대장이 말했다. 남자였고, 외상은 심해 보이지 않았지만 이미 시멘트 바닥이 끈끈한 체액으로 젖어 있었다. 표면의 착색이 구릿빛으로 짙었다. 대장은 혜나가 들고 있는 가방에서 비닐을 꺼내 몸에 둘렀다. 그런 뒤 마스크를 쓰고는 시신의 여기저기를 샅샅이 그리고 신중한 태도로 살폈다.

"물러서요. 몸이 터질 수도 있어요."

대장은 시신 쪽으로 좀더 가까이 다가갔다. 우리가 서 있는 쪽이 시신의 하반신, 발 쪽이었는데 정강이에 깊이 베인 상처가 보였다. 양쪽 다리는 아예 붙어버린 것처럼 다리 사이에 틈이 없었다. 경직이 심했다. 대장은 머리에 서부터 발까지 꼼꼼히 살펴보고는 방수 테이프를 꺼내 상처로 인해 벌어진 발바닥을 꽁꽁 싸맸다. 수없이 봤는데도 긴장해서 졸도할 것 같았다.

"이제 시신을 봉투로 옮겨 담아야 해요."

대장은 시신을 감쌀 비닐을 바닥에 깔며 말했다.

"유진씨, 제 가방 지퍼를 열면 방수장갑이 있을 겁니다. 장갑 끼고 날 좀 도와주세요."

나는 이미 벌벌 떨고 있었다. 하지만 내가 아무리 겁이 많아도 어린 혜나에게 시킬 수는 없는 일이었다.

시신은 무거웠다. 대장이 상체를, 내가 하체를 잡았다. 비닐로 옮기자마자 몸에서 나온 체액 때문인지 바닥에 찰싹 붙어버렸다. 대장은 시신이 입고 있는 체크무늬 점퍼의 지퍼를 채우고 양쪽에서 비닐을 끌어와 한쪽은 시신의 몸 아래에 먼저 끼워넣고 다른 한쪽을 시신 위로 말아 감쌌다. 머리 쪽과 다리 쪽에 남은 여분의 비닐은 테이프로 꽁꽁 묶었다. 대장은 한장의 비닐을 더 꺼내 똑같은 순서로 시신을 묶었고, 머리 부분을 묶기 전에 종이와 볼펜을 꺼내 시신이 발견된 장소, 날짜, 상태 그리고 입은 옷 색깔 등을 빼곡하게 적었다. 그러고 나서 그 종이를 머리 쪽에 넣고는 다시 비닐을 묶었다. 시신은 방부처리된 미라처럼 보였다. 대장은 안경을 이마 위로 추켜올리고 하늘을 한번 올려다봤다. 난감한 표정이 역력했다.

"이분을 여기에 두고 갑시다. 구조대원이든 누구든 쉽게 발견할 수 있게요."

땅에 묻으려면 동물들의 공격을 피하기 위해 꽤 깊이 파야 하는데 마땅한 도구가 없었다. 우리는 시신을 양쪽에서 들고 비가 와도 젖지 않을 건물 한 귀퉁이로 옮겼다. 개를 어루만지고 있던 혜나가 말했다.

"그래도 과자처럼, 플라스틱처럼 다 짜그라지지는 않아서 다행이에요. 그쵸?"

그 말은 맞았다.

"혹시 살아 있는 건 아니겠죠?"

대장은 고개를 저었다. 우리는 건물에서 벗어나야 했다.

"이거 유진씨가 가지고 계실래요?"

대장이 시신의 주머니에서 꺼낸 휴대폰을 내밀었다.

"잠깐만요. 소독 좀 해서 드릴게요."

그는 가방에서 작은 병에 담은 염화나트륨 용액을 꺼내 작은 천 조각에 부어 휴대폰을 닦았다.

"그걸 꼭 제가 가져야 할까요?"

그는 내 질문에 대답은 하지 않고 입었던 옷을 벗어 불에 던지고, 내가 끼었던 장갑과 자신의 장갑도 뭉쳐 불에 넣어 태웠다. 그러고는 한쪽으로 가, 비닐에 꽁꽁 싸가지고 다니는 작은 멸균 비누 조각을 꺼내 물통의 물로 손을 씻었다. 내게도 비누를 주고 손을 씻을 수 있게 물통의 물을 쫄쫄거리는 소리가 겨우 날 정도로 아주 조금 부어주었다. 물은 어떤 경우에도 아껴야 해서 물을 사용할 때만큼은 어느 때보다 냉정하게 정신을 똑바로 차려야 했다.

우리는 바-2 구역으로 이동했고, 혜나와 나는 유흥업소나 옷 가게 같은 곳에서 남은 옷이나 구두를 찾아보기로 했다. 혜나를 위해, 나중에 그애가 오디션 볼 때 필요하게 될지도 모를 지진 피해지역만의 특이한 소품을 찾기 위해서였다. 식당 전단, 마사지숍 전단, 과자 봉지, 신문지, 껌 포장지 같은 것들도 조금 찾았지만 온전한 형태를 유지하고 있는 것은 거의 없었다.

머리를 감싼 채 희한하게도 바닥에만 금이 가고 외관은 그대로인 시멘트 건물 안으로 들어갔다. 터지고 깨진 시멘트 사이사이에서 희고 작은 꽃이 피고 연두색 풀이 자라 올라오는 중이었다. 순간 고양이 소리가 들렸다. 겁에 질린 검은 고양이와 털이 다 빠진 개가 일부 부서져내린 골조 외벽 안쪽 격자무늬의 철근 뒤에 숨어 있었다. 일단 고양이 상태를 확인했다. 몸이 돌처럼 차가웠다. 움직임이 거의 없었지만 그래도 개는 아직 조금씩 헐떡였다. 대장이 고양이 몸에 손을 얹고 눈을 감았다. 나는 혜나와 함께 개를 안아 커다란 담요에 놓은 뒤 다시 바구니에 옮겨 담았다. 개는 몹시 아픈 것 같았다.

"이제 괜찮을 거야!"

혜나가 개에게 말했다. 개는 잘 알아들었다는 듯 고개를 숙였다. 노인 부부가 물끄러미 우리가 하는 일을 지켜봤다.

"어르신들이 고양이를 좀 돌보고 계세요. 저희가 금방 다시 모시러 올게요."

내가 몸을 돌리는 순간 여자 노인이 작은 목소리로 말했다.

"우리가 죽어도 이렇게 정성스럽게 해줄 건가요?"

혜나가 다가가 남자 노인과 여자 노인의 가운데 서서 그들의 어깨 위에 팔을 올리며 말했다.

"당연하죠."

어쩌면 우리가 들은 게 고양이의 마지막 울음이었는지도 모르는 일이었다. 혜나와 나는 개와 고양이를 잠깐 노인들에게 맡기고 다른 구역으로 이동하기로 했다. 뭔가 먹이려면 최소한의 안전지대라도 찾아서 개를 놓아줘야 했다. 뭔가 먹일 것도 찾아야 했다. 마음이 급해져서 발걸음이 꼬였다. 돌아보니 여자 노인이 고양이를 팔에 안고 눈을 맞추고 있었다. 그때까지는 바구니에 담긴 개도 아직 살아 있었다. 한시간 후에 우리가 돌아왔을 때 개도 고양이도 숨을 멈췄다.

몹시 지친 우리는 마 구역 쪽으로 넘어갔다. 아직 멀쩡해 보이는 상가지역이었다. 김치찌개 식당, 생과일주스 가게, 부동산 사무실, 옷수선 가게가 보였다. 가스가 폭발하거나 불이 날 수도 있다는 걸 상기했다. 반파된 옷수선 가게에 붙어 있는 안내문이 보였다. 최근에 붙인 것처럼 글자가 지나치게 선명했다. '여행 갔다가 6월 6일에 돌아오겠습니다. 죄송합니다.' 6월 6일은 아마도 지진이 난 후 일주일 뒤쯤이었을 것이다. 대장은 찌그러진 새시 문을 밀고 안을 들여다봤다. 그나마 벽이 부서지지 않은 채로 남아 있었다. 잿빛 먼지를 뒤집어쓴 상태의 옷들이 철제 행거에 걸려 있었다. 그는 아무 옷이나 골라잡아 비닐을 벗긴 후 몸에 대보았다. 거울은 깨졌고 옷은 원래의 형체를 잃었다. 대장은 옷을 걸친 채 조용히 서 있었다. 뭔가 기억을 떠올리려는 것 같아 보여 방해하고 싶지는 않았다. 저옷을 입고 누군가를 만나는 상상을 하는 게 틀림없었다. 그와 달리 혜나는 신이 나 보였다. 옷걸이에서 옷 한벌을 꺼내 어깨에 걸치며 말했다.

"제발 저한테 무대 좀 만들어주세요."

혜나가 손가락을 빨며 아기처럼 내 어깨에 머리를 얹었다.

"애야, 정신 좀 차려라!"

혜나와 나는 조금 웃었다. 옷수선 가게 안쪽은 골방이었다. 문틀에 흙이 잔뜩 끼어 있어 문이 힘겹게 열렸다. 먼지를 뒤집어쓴 밥상이 한가운데 놓여 있고 방 안은 온통 잿빛으로 바싹 말라버렸다. 그때 대장이 쿵쾅거리며 망치질을 하기 시작했다. 재봉틀의 검은색 헤드 부분을 지지대인 테이블에서 떼어내고 있었다. 대장은 떼어낸 재봉틀의 헤드를 말머리처럼 옆구리에 끼웠다. 혜나는 나중에 연극 무대에서 입겠다며 먼지로 뒤덮인 울코트를 꺼내 한두번 흔들어 턴 뒤 어깨에 걸쳤다.

"저기요 유진씨, 나 어때요?"

여자 노인이었다. 수영복 위에 입는 흔한 디자인의 비치가운을 몸 앞쪽에 댄 채 몸을 파르르 떨며 서 있었다.

"아주 멋져 여보. 정말 시간이 빠르네요. 곧 여름이 오면 우리 바닷가에 갑시다."

남자 노인이 엄지를 치켜 올리며 말했다.

옷수선 가게 옆에, 지붕 한가운데가 브이 자로 내려앉은 식당 건물로 이동했다. 대장은 건물 뒤쪽으로 돌아갔다. 주방이 보였다. 나는 사실 먹을 걸 찾을 수 있었으면 했다. 표면적으로는 복구되어가는 중인데도 왜 그런지 식량 지원은 점점 더 뜸해졌다. 정부가 무슨 꿍꿍이를 가지고 있는지 우리는 알지 못했다.

녹투성이 열쇠 이음 부분이 툭 끊어지며 식당 문이 열렸다. 문 앞에 기대놓은, 다리가 부러진 의자를 치우고 주방 안을 들여다보는 대장의 빈약한 엉덩이가 보였다. 지진 따위는 일어나지도 않은 것처럼 식당 주방은 상태가 괜찮았다. 가스레인지 위에는 스테인리스 냄비가 올려져 있었다. 먼지로 뒤덮이지만 않았다면 토치로 레인지에 불을 붙이고 음식을 만들어도 될 정도였다. 순간 눈앞에서 불꽃이 일며, 커다란 프라이팬에서 맛있는 돈가스가 바삭하게 익는 모습이 펼쳐졌다. 침이 꼴깍 넘어갔다. 백색 가전이 흑색으로 바뀌었을 뿐 냉장고도 말짱했다. 문을 열면 흰 성에가 꽃잎처럼 쏟아져 나올 것 같아서 입을 벌리고 꾸역꾸역 성에라도 삼키고 싶었다. 문에 붙여둔 마그네틱에서 희미하게나마 서양 성당 건물, 판다 곰, 은퇴한 후 늙어버린 남미의 축구선수, 고흐의 그림, 기모노를 입은 강아지가 보였다. 냉장고 문은 손으로는 열리지 않았다. 대장이 긴 철막대를 문틈에 끼우고 앞쪽으로 힘을 주어 냉장고 문을 열었다. 냉동 칸에서 얼린 옥수수라도 찾을 수 있다면 좋을 텐데. 냉장고 안은 흙비라도 내린 듯 모든 게 다 썩고 말라붙어 아무것도 건질 게 없었다. 절망감이 밀려왔다. 사실 너무 배가 고팠다. 뭐라도 먹고 싶어서 눈이 뒤집힐 지경이었고 체면을 차릴 수도 없을 만큼 허기가 몰려왔다. 밖으로 나와 한참을 서성였다. 모두 다 갈아엎어진 땅에서 나무 껍데기와 뾰족하고 긴 막대기 같은 것을 주워 입에 넣고 빨아 먹은 뒤 겨우 침을 삼켰다. 침조차도 잘 생기지 않았다.

피플스극장 쪽으로 이동했다. 극장은 타원형의 3층짜리 건물 중앙에 위치해 있었다. 극장 안으로 들어서자마자 눈앞이 까맣게 되는 어둠과 강력한 정전기, 굵은 먼지 입자들이 온몸을 휘감았다. 아버지와 어린 나는 극장을 통째로 빌리기라도 한 것처럼 편안한 자세로 영화를 봤었다. 아버지가 죽은 후에는 영화를 좋아했던 아버지의 영정사진을 객석 의자 위에 올려놓고 영화를 봤다. 극장은 여전히 있었지만 과자 봉지를 들고 아버지와 둘이서 영화를 보던 시간은 사라졌다. 맨발에 웃통을 벗은 배우들이 이상한 비명을 질러대며 영화 내내 싸움을 하는 시끄러운 무협영화였다. 객석은 300석쯤 되었던 것 같다. 늘 커다란 2층짜리 식당을 전면에서 보여주면서 영화가 시작하고, 끝나면 화면과 소리가 동시에 멈추는 정말 이상한 극장이었다. 그 시끄러운 무협영화를 눈앞에서 볼 수 있다면 더 바랄 게 없을 것 같았다.

극장 앞은 툭 트여 있어 한가운데 작은 회전목마가 있고 상점, 식당, 술집 들이 둥그런 라인을 따라 들어서 있었다. 극장 건물은 무너지지 않았지만 극장 앞 공터의 유리 조각상은 부서져 파편이 되었다. 원형의 회전목마 기둥에 묶여 있는 흰말이 보였다. 가까이 다가간 순간 말이 툭 소리를 내며 다리를 꺾고 바닥에 엎드렸다. 몸에 남아 있는 거라곤 근육과 뼈뿐이어서 파라핀으로 만든 밀랍 모형 같았다. 갈기도 다 빠지고 몸놀림은 아예 멈춰버렸다. 대장이 말에게 다가가 무릎을 바닥에 대고 낮은 자세로 엎드렸다. 그는 주머니에서 동그란 돋보기를 꺼내 말의 눈을 자세히 들여다봤다.

"죽은 거예요?"

혜나가 떨리는 목소리로 물었다. 나는 몸을 숙이고 말의 배에 귀를 대었다. 왼손으로는 나무껍질 같은 말의 피부를 쓰다듬었다. 나는 어렸을 때처럼 왼손잡이로 돌아가 있었다. 거칠고 두껍고, 수분이라고는 없는 가죽 외피를 볼에 맞대고 있는 느낌이었다. 나는 말의 귀에다 대고 속삭였다.

"괜찮니? 괜찮지?"

내 말을 들었는지, 말이 머리를 조금 치켜들고 금세 눈을 뜨는 듯하다가 스르륵 감았다. 말의 머리 위에 쇠파리 한마리가 소리를 내며 날아다녔다. 말은 살아 있다는 것을 전혀 알 수 없을 만큼 움직임이 없었다.

"이따가 와서 다시 살펴봅시다."

대장이 먼저 자리를 뜨고 우리도 뒤따라 이동했다.

원형극장 2층의 테라스에 앉아 쉬기로 했다. 드문드문 움직임이 거의 없이 앉아 있는 사람들이 보였다. 정중앙에 난 계단과 테라스가 아름답던 건물이었다. 여기서는 부림지구가 잘 보였다. 그냥 가만히 앉아서 곤죽이 된 땅 위를 쳐다볼 뿐이었다. 그때 누군가가 테라스로 왔다. 막 도착한 그 사람은 거기 앉아 있는 사람들과 우리를 향해 소리쳤다.

"여기 부림지구에 아무도 못 들어오게 해야 해. 우리를 돕기는커녕 다 망쳐놨어. 아무도 들어오지 못하게 해."

우리는 힘없는 얼굴을 겨우 치켜들고 소리치는 그를 올려다봤다.

"누구든 와서 우리를 돕게 해야 하는 거 아닌가요. 우린 도움이 필요하잖아요."

우리 중 누군가가 대답했다. 분노가 들끓던 그때만 해도 희망이 남아 있었다.

말은 아직도 바닥에 엎드려 있었다. 저 말이 죽고 나면, 저 말고기를 먹고 싶다. 저 말고기를 우리가 나눠 먹는다

고 해서 뭐가 그렇게 잘못일까. 죽어라 하고 먹는 생각만
했다. 내 바람을 부채질하듯 쇠파리는 쓰러진 말 위로 더
많이 몰려들었다. 귀에서 매미 소리가 커지고 머리가 점
점 더 어지러웠다. 입맛을 다시고 또 다셨다. 배가 고파서
울고 싶었다. 내가 무슨 말을 하는지도 몰랐다. 우리는 테
라스에 널브러져 있었다. 몸에 기운이라고는 없었다. 대
장이 륙색을 바닥에 놓고 뭔가를 꺼냈다. 완두콩과 고기
통조림이었다. 다들 미친 듯이 달려들어 통조림 국물까지
핥아 먹었다.

"이제 남은 건 아기들이 먹는 분유 두통입니다. 아, 아
직 마요네즈와 땅콩버터도 있네요. 소금도 있고요. 아, 올
리브유도 있습니다. 우린 부자예요."

대장은 지진이 닥쳐올 것을 미리 알았던 걸까. 그는 모
르몬교의 지부를 찾아가서 식량 가공 방법을 배웠다고 했
다. 모르몬교 신도가 아닌데도 통조림을 만드는 비밀강좌
를 듣기 위해 모르몬교 신도인 척했던 걸까. 그의 신앙 따
위는 알 바 아니다. 하지만 통조림 깡통 안에 든 완두콩은

고기처럼 맛있었다. 지진에서 다행히 살아 나간다면 나도 모르몬교 신자가 되어야겠다. 통조림 만드는 법을 배워 온갖 통조림으로 집 안을 가득 채워놓고 싶다. 다시 지진이 나 고립된다고 해도 통조림만 충분하다면 아무 문제도 없을 것이다.

돌아오는 길에 부림지구의 유일한 종교 시설이었던 성당에 들렀다. 성당 천장은 아직 무너지지는 않았지만 무너진 것보다 더 심각하게 한쪽으로 짜부라져, 성모상이 허공에 기울어진 채 매달려 있었다. 우리는 의미 없이 붙은 듯한 화살표를 따라 성당 옆 교육관 건물 지하로 내려갔다. 지하는 말짱했다. 차곡차곡 쌓아놓은 박스 더미, 종이로 된 자료더미, 장부책 같은 것들, 문서 같은 것들이 지나치게 잘 정리된 채 보관 중이었다. 어떤 박스에는 폐기 스탬프도 찍혀 있었다. 대장이 몸을 숙이고 박스 하나를 열었는데, 놀랍게도 와인 상자였다. 그 옆에서 찾은 질 좋은 씨앗과 병이 가득 든 상자는 보너스였다. 우리는 서로 얼굴을 쳐다보며 오랜만에 환하게 웃었다.

저녁 일감이 생겼다. 병에 씨앗을 담느라 다들 소란을 피웠다. 안전하게 먹으려면 키워서 먹는 방법뿐이었고, 비타민 손실을 막으려면 과한 햇빛을 조심해야 해서 벙커 안에서 키우기로 했다. 알팔파나 토끼풀 같은 것들은 유리병만 있으면 키울 수 있다. 성당에서 가져온 작은 유리병 안에 물을 넣고 씨앗을 담아 날짜를 적었다. 최기자는 루페를 들고 빨간색 테두리가 쳐진 견출지에 날짜를 적어 붙였다. 그는 루페 없이는 보통 크기의 글자도 읽지 못하겠다고 투덜댔다. 그가 빨간색 매직펜으로 새 루페 구입이라고 버스 벽면에 적었다. 펜의 농도가 몹시 흐렸는데, 이번엔 얇은 펜을 들고 자신의 왼쪽 손목에도 적어넣었다. 그의 몸은 온통 낙서투성이였다. 어디에 뭘 적었는지 나중에 제대로 기억이나 할 수 있을까. 제대로 된 샤워 한 번이면 다 사라질 기록인데 최기자는 늘 열심이었다.

드디어 파티가 열렸다. 와인 상자를 중심으로 사람들이 모였다. 모두들 더할 수 없이 얼굴이 밝았다. 두 상자 모두 합쳐 열아홉병의 레드와인. 잔 같은 것이 있을 리 없어서 각자의 플라스틱 양치컵을 이용하기로 했다.

"신부님, 수녀님 들이 그동안 술깨나 드셨나보네요."

양근과 동식이 휴대용 스위스 빅토리노스 칼로 와인병을 연달아 열었다.

"아, 향이 좋아요!"

그들이 병을 흔들며 말했다. 모두들 처음엔 한모금씩 마시다가 홀짝홀짝, 마시는 속도가 빨라졌다.

"건배할까요?"

동식이 나섰다. 수납장 근처에 동그랗게 모여 서서 건배를 하고 침대에 걸터앉거나 바닥에 모여 앉았다. 술 때문인지 아주 빨리 긍정의 정서가 퍼졌다.

"정말 이런 시간은 상상도 못했는데, 벙커에서 와인을 마시게 되다니."

정수가 말했다. 한쪽에서 구경만 하던 혜나도 같이 마시기 시작했고 술 탓인지 다들 말이 많아졌다.

"제가 회사에서 퇴근하고 가던 펍이 한곳 있는데, 그때는 잘 몰랐는데 그 시간이 그리워요. 생맥주 마시면서 만

화책 읽다가 오곤 했는데, 다시 가보고 싶어요."

동식이 말했다.

"나는 스키가 타고 싶어서 무릎이 근질근질해."

여자 노인이 침낭에 누운 채 두 팔과 다리를 움직여 스키 타는 동작을 했다.

나도 술에 취했다. 기분이 좋아지면서 내 몸의 체중이 전혀 느껴지지 않았다. 심지어 부어터질 것 같던 다리 통증도 사라졌다.

"유진 누님은 부림지구 출신인가요?"

동식이 공손한 말투로 물었다.

"응, 난 여기서만 살았어요. 왜?"

"난 부림지구 출신은 아니지만 이곳이 좋습니다."

동식이 컵을 높이 치켜들며 말했다. 남자 노인이 와인잔을 돌리듯 컵을 뱅뱅 돌렸다.

"좋으면 여기서 오래오래 사세요."

나는 진심을 담아 말했다.

"이럴 때 음악이 있으면 참 좋겠네요. 사티나 말러의 음악요."

남자 노인이 말했고, 정수가 컵에 담긴 와인을 한번에 입속에 털어넣으며 행복한 표정을 지었다.

"통신이 복구되려면 많은 시간이 필요할 겁니다. 제가 더 노력해볼게요. 곧 음악을 듣게 해드리겠습니다."

대장이 여러 사람의 얼굴을 번갈아 쳐다보며 눈에 힘을 주면서 말했다.

"나중에 블루베리 농장을 해보고 싶어요. 저희 농장에 꼭 놀러 오세요."

양근이 따뜻한 눈빛으로 동식을 보며 말했다. 공장에서 일한 사람이라 농장 일은 어렵지 않게 느껴지는 모양이었다. 동식은 약간 시간 차를 두고 살짝 고개를 끄덕였다.

"저는 아름다운 제 아내와 이곳에 여행 왔다가 지진을 당했어요. 안 그래요, 여보?"

남자 노인의 말에 여자 노인이 겨우 상체를 일으켜 세우고 침낭 위에 걸터앉았다.

"부림지구로 여행을 오다니, 여긴 여행할 곳은 아닌데.

뭘 보러 오셨어요?"

내가 물었다.

"난 사실 우리 박사님이 오자고 해서 왔지 절대로 오고 싶지 않았어요. 난 예민해서 지진이 날 걸 미리 다 알고 있었어요. 그래도 우리는 여기 왔어야 했어요. 지진 아니라 더한 게 와도 왔어야 했어요."

여자 노인의 눈매가 격하게 일그러졌고 금세 분위기가 침울해졌다.

"모든 게 다 너무 잔인하지 않나요?"

여자 노인이 이마를 잔뜩 우그러뜨리며 말했고 벙커는 침묵 속으로 빠져들어갔다.

조용한 가운데 와인병은 거듭 비어갔다. 그러거나 말거나 오랜만에 마신 술 탓에 기분이 좋아지고 몸도 가벼워졌다. 한달음에 나선형 계단을 타고 올라가 벙커 뚜껑을 힘차게 밀어 올렸다. 밍밍한 초여름 밤공기가 흙냄새와 뒤섞였다. 편편한 벙커 지붕 옆 풀숲에 앉아 밤 소풍 나온 사람처럼 즐길 생각이었다. 낮에 대장이 준 시신의 몸에서 나온 휴대폰이 윈드점퍼 주머니에서 바닥으로 툭 떨어졌다. 무심코 전원 버튼을 눌렀다. 화면이 켜지는 게 신기했다. 다른 사람의 몸을 더듬기라도 하는 것처럼 긴장됐다. 눈을 부릅뜨고 죽은 남자와 비슷한 얼굴을 찾았다. 누군지 알 수 없는 사람의, 살았을 때의 얼굴이 터무니없이 밝게 재생됐다. 너무 놀라 감정이 격해지려고 했다. 무슨 일이 있어도 울고 싶지는 않았다. 급하게 휴대폰 전원을 끈 뒤 눈앞의 어둠속으로 던져버렸다.

오래전, 나는 부림지구에서 겨우 태어날 수 있었다. 부림지구에는 여자보다 남자가 훨씬 많았다. 그리고 어딜 가든 열기와 기계 소음 천지였다. 부림지구는 곧 터질 화산덩어리 같은 에너지를 뿜어내는 이상한 곳이었다. 제철단지가 폐쇄되어 가동을 멈췄을 때, 아무 소리도 들리지 않는 고요함이 가장 참기 힘들었다. 제철단지에서 일하는 사람들만이 쓰는 특이한 말투도 목소리도 함께 사라졌다. 부림지구에서 기계 소음이 멈출 수 있다는 건 한번도 생각해보지 못한 일이었다.

　일곱살 때 아버지를 따라 아버지 고향에 다녀온 일을 제외하면, 나는 부림지구를 벗어나본 적이 없다. 물론 N시

에 있는 대학에 다니기도 했지만 졸업은 하지 못했고 늘
붙박이처럼 부림지구에만 붙어살았다. 불행인지 다행인
지 나는 어릴 적 모습이 담긴 사진을 거의 가지고 있지 않
다. 그래서일까. 부림지구는 내 기억 속에서 훨씬 더 선명
했고, 제철단지의 기계는 한번도 멈춘 적 없이 복잡하고
시끄러운 소음을 내며 미친 듯이 가동되었다.

부림지구는 동쪽의 제철단지와 북서쪽의 부림타운을
합쳐 부르는 말인데, 둘은 체인처럼 연결되어 있고, 그 둘
을 방사형으로 둘러싼 숲은 제법 규모가 컸다. 우리는 어
릴 때 대부분 숲에서 놀았고, 누구나 숲에서 찍은 사진
을 한장씩 다 가지고 있었다. 숲에는 비밀장소인 방공호
도 있었다. 방공호의 위치는 수풀에 가려 잘 보이지 않았
지만 한번 들어가면 다시는 바깥으로 나오지 못할 것처럼
좁고 어두웠다. 거기서 우리가 했던 짓을 세상이 알았다
면 우리는 모두 다 소년원에 보내졌을 것이다. 어쨌든 나
도 여러명의 아이가 앞을 보며 까르르 웃고 있는 사진 한
장을 가지고 있기는 했다. 앞에 뭐가 있었는지는 모르지

만 아이들이 모두 손가락으로 앞을 가리키며 이마를 찌푸렸다. 나는 흰 원피스를 입고 있었고 이발소에서 자른 촌스러운 일자 앞머리에 깡마른 몸을 한 여자애였다. 어쩌면 사진 속의 여자애는 내가 아닐지도 모른다. 어릴 때 모습이란 다 거기서 거기니까.

숲 북쪽으로는 예전부터 철도가 있었고 그때는 남쪽으로 N시와 연결되는 도로가 있었다. 부림지구는 제철단지를 부르는 이름이기도 했는데, 소규모라고는 해도 꽤 규모가 있었다. 두꺼운 널빤지 모양, 굵은 막대 모양, 가늘고 긴 막대 모양 등 부림지구에서 생산한 철은 모두 N시로 보내졌고 거기서 전국으로 실려 나갔다. 제철단지가 호황일 때는 엄청 많은 사람이 부림지구에서 살았다. 그땐 부림지구의 온 압력이 세상 끝까지 미칠 것처럼 갈색 공기마저도 팽팽했다. 나는 제철단지에서 일하는 아버지와 남자 이름을 가진 얌전한 엄마와 함께 그곳에서 바람직한 모습으로 커가고 있었다. 제철단지의 땅 밑을 채운 커다란 파이프 관이 녹슬고 누런 석회질로 덮여 부식되어가는 일 따위는 전혀 몰랐다. 제철단지가 언젠가는 사라질 수도 있다는 생각은 해본 적이 없었다.

높이가 20, 아니 어쩌면 50미터도 넘어 보이는 제철단지의 용광로 설비는 압도적이었다. 철광석을 녹여 쇳물을 만드느라 용광로에서 연기가 피어오르던 모습은 그게 어떤 계절이든 위엄 있었다. 주홍빛 하늘에 흰 연기가 뒤엉키며 솟아오르는 모습을 보며 나는 두 손을 맞대고 두 눈을 꼭 감았다. 갈색 먼지가 눈처럼 떨어져 내리는 순간 첫 키스를 해야 한다고 우리는 늘 떠들었다. 연기 모양은 단 한번도 같은 적이 없이 항상 달랐다. 밤에 멀리서 보면 제철단지는 검은 성채 같았다. 거구인 짐승의 몸 한가운데 타르처럼 빛나는 검고 어두운 눈동자가 박혀 있고, 큰 몸은 힘이 넘쳐 마구 흔들리며 활개 쳤다. 어떤 때는 귀신들이 막 걸어 나올 것 같은 흉흉한 영화 세트장처럼 보였다. 하지만 아침이 되면 제철단지는 늘 아무 일 없이 정상으로 돌아갔다. 사실 난 용광로 내부가 어떻게 생겼는지 직접 본 적은 없다. 제철단지에는 아무나 들어갈 수 없었으니까.

제철소 주변으로는 앵글이나 평철, H빔이나 I빔, 파이프나 패널을 만드는 공장들, 각종 철강재산업과 관련된 주물공장, 코팅을 하거나 벤딩과 철관을 만드는 특수 가게 등 제철과 연관된 산업들이 핏줄처럼 사방으로 뻗어 있었다. 수익이 적은 일일수록 중심에서 밀려나 있었고. 그런 일은 주로 여자들이 했다. 여자들은 제철단지를 신전처럼 위쪽에 두고 방사형 거의 끝, 막 숲이 시작되는 지점에 거대한 H빔 강철더미에 올라가 놀고 있는 아이들을 한번씩 돌아보며 일해야 했다. 일하기도 힘든데 아이들을 돌보는 건 다 여자들 책임이었다. 제철단지를 가운데 두고 어른 키만한 높이의 풀들이 자라는 넓은 숲이 펼쳐져 있었다. 강철더미 위에 올라가 사방을 둘러보면 폐콘크리트와 커다란 쇳조각, 자동차 바퀴, 타버리고 우그러진 모터, 폐기물을 실어 나르는 소형 기차 같은 것들이 끝도 없이 버려져 있었다. 지저분한 숲은 부림지구 애들의 즐거운 놀이터였다.

주희와 나는 철과 탄소처럼 절대로 떨어지지 않고 하루 종일 파쇠더미 위를 오가며 숲에서 놀았다. 주희는 나의 가장 친한 친구였고 우리는 둘 다 4월에 태어났다. 아이들은 주희와 내 머리채를 잡고 뱅글뱅글 돌렸다. 우리가 애들을 개 패듯 팼기 때문에 당해도 쌌다. 우리는 드센 계집애들이었다. 애들이 소리를 지르며 놓아달라고 애원해도 절대 놓아주지 않았다. 애들은 우리가 둘이서만 같이 놀고 편을 갈랐다며 비난했지만 우리는 기고만장했다. 나를 아이들로부터 구해내는 건 늘 주희였다. 우리는 늘 서로를 구해줬다.

"니네 엄마 도망갔다며? 너도 도망가지 그래. 주희 엄마 도망갔대요, 도망갔대요."

애들이 주희를 놀렸다. 나는 놀리는 애들 머리채를 잡고 교복을 찢고 얼굴을 할퀴었다. 그럼 주희는 깔깔대며 더 크게 웃었다.

"유진아, 복수 플리즈!"

주희는 말할 때마다 늘 먼저 내 이름을 불렀다. 내 얼굴

도 만신창이가 되었지만 재미있었다. 어른이 되어서, 주희
가 웃던 것처럼 깔깔대며 웃는 사람은 다시 만나지 못했
다. 주희도 이 작은 나라 어디선가 지진을 당했을까. 살았
을까 죽었을까. 어쩌면 주희의 생사를 끝까지 모르는 것
이 나을지도 모른다. 나도 주희도 파쇠더미 위에서 놀던
때가 가장 행복했다. 우리는 지그재그로 쌓인, 표면이 빨
갛게 녹슨 파쇠더미에 올라가 앉아 있는 걸 좋아했다. 주
희의 손가락과 입술에는 늘 끈끈하고 더러운 액체가 묻어
있었다. 가느다란 머리카락은 땀에 젖은 채 정수리에서
반으로 쫙 갈려 좌우로 찰싹 붙어버렸다.

"니들 그렇게 오래 앉아 있으면 옷 버린다!"

지나가던 아줌마들이 소리쳤다.

"못에 찔리지 않게 조심해. 파상풍 걸리면 죽는다."

아줌마들은 늘 걱정이 지나쳤다. 한 남자애가 바로 대
꾸했다.

"아줌마, 집에 가서 솥뚜껑 운전이나 잘하세요!"

주희와 나는 남자애의 멱살을 잡았다.

"말 다 했어? 솥뚜껑 운전이라니, 여자가 솥뚜껑 운전하려고 태어났나?"

우리는 남자애를 발로 차고 남자애는 살려달라고 네발로 기어 도망쳤다.

아무리 올라가 쿵쿵 뛰어도 철은 절대 부서지지 않았다. 비는 철을 더 강하게 만들었다. 한차례 내린 소나기가 만든 물방울이 바싹 마를 정도로 해가 쨍쨍 날 때를 기다렸다가 우리는 파쇠더미 위에 다시 앉았다. 해가 쨍쨍 나는데도 엉덩이가 차가워지면서 철의 감각이 허벅지까지 올라왔다. 두 다리를 앞으로 모으고 앉아 아이들과 노래를 부르거나 끊임없이 욕을 했다. 풀숲 전체를 놀이터 삼아 도망가고 따라가고 또 도망가고, 달리고 또 달렸다. 내가 제일 앞에 뛰고 그다음에 주희가 뛰고 그다음엔 다른 애들이 뛰었다. 금세 상황이 바뀌어 내가 맨 꼴찌가 되기도 했다. 파쇠더미 위에 올라가 선 채 이쪽 끝에서 저쪽 끝까지 겅중겅중 뛰었다. 저쪽 끝에 귀를 대면, 약간의 시차를 두고 이쪽의 긴장과 저항이 고스란히 전달되었다. 주희와 나는 말안장에 앉는 것처럼 파쇠더미 위에 올라앉았다. 차고 단단한 느낌이 다리를 통해 허리께로 전해져왔다. 온몸에 힘이 들어가는 순간, 긴장감이 머리꼭지까지 치고 올라왔다. 섹스를 할 때 온몸을 죄는 긴장감과 비슷했다. 제철단지 쪽에서 불어오는, 목이 타들어갈 것 같은 철 냄새가 목을 넘어 몸 안으로 들어오고, 사람들이 지나갈 때마다 담배 냄새, 알코올 냄새가 코를 찔렀다. 사람 사는 것 같던 부림지구의 거칠고 역겨운 냄새. 부림지구에서만 쓰던 이상한 말들. 주희와 나는 부림지구 사람이었다. 그것도 완전 오리지널!

그러거나 말거나, 제철단지의 나쁜 공기는 우리를 무럭무럭 자라게 했다. 우리는 마구 자라나서 부림지구 최고의 미스 스틸이 되었다. 그리고 대통령과 결혼해 퍼스트 레이디가 되었다. 평생 여왕으로 살았다!

주희와 나는 텔레비전 앞에 서서 미스 스틸에게 주는 깃발을 만들어 어깨 위에 걸고, 긴 막대기를 한쪽 어깨 위에 걸친 채 행진을 했다. 주희는 진이었고 나는 선이었다.

다시 내가 진이 되고 주희는 선을 했다. 우리는 절대 미는 하지 않겠다고 싸웠다. 미를 할 누군가를 찾아 같이 놀아야 했는데 누구도 끼워주지 않았다. 좁은 방 안을 뱅글뱅글 돌다 훔친 화장품을 꺼내 주희의 입술에 발라주었다. 주희의 입술엔 더러운 것이 묻어 있어 끈적거렸고 머리와 손에서도 쇠 냄새가 났다. 주희와 내가 어쩌다 황금색 이불을 머리끝까지 뒤집어쓰고 환한 공간을 만들어 그 안에서 놀게 되었는지는 잘 기억나지 않는다. 주희는 계속해서 내게 조용히 하라며 입술에 손가락을 갖다 대었고, 나는 점점 더 주희 가까이 몸을 밀착했다. 앙상하던 주희의 갈비뼈에 손을 얹은 채로, 부림지구 미스 스틸 두 소녀는 이내 잠이 들어버렸다. 안 하던 미인대회 놀이를 하느라 피곤했던 것이다. 오랜 시간이 지난 뒤, 부림지구 미스 스틸 중 한명은 생사를 알 수 없고, 나머지 한명은 흙구덩이에 빠진 여자가 되었다. 그런데 정말 이상한 건 우리가 그토록 친했음에도 불구하고 서로의 행방을 찾지 않았다는 사실이다. 지진이 끝나면 주희나 찾아볼까. 얼굴은 잘 기억나지 않지만, 그 웃음소리와 목소리는 아직도 또렷하다.

우리는 부림타운에서 모든 걸 배웠다. 나는 부림지구보다 부림타운을 더 좋아했다. 부림타운은 부림지구의 제철단지에서 3킬로미터 정도 북쪽 방향으로 떨어진 곳에, 원래는 소규모 공장들이 있었던 지역에 만들어졌다. 물론부림타운의 규모는 제철단지 쪽에서 보면 손가락 두개면다 가려질 정도로 작았다. 원래 공터였지만 완전히 다른곳으로 탈바꿈했다. 부림타운은 총 길이로 보면 채 100여미터도 되지 않는데 세상 이상한 것들은 거기 다 모여 있었다. 부림타운은 부림지구가 만들어지고 난 후 부림지구 출신의 한 사업가가 만들었다. 그런데 이것도 사실 어디까지가 맞는 얘기인지는 알 수 없다. 부림타운 어디에서나 늘 그의 얘기가 떠돌아다녔다. 그에 대한 얘기는 사람들에게 아주 많이 들어서 모두 다 외울 지경이었다. 어쨌든 그 사업가는 온통 먼지투성이인 몰골로, 빨간색 선캡을 쓰고 밀리터리 륙색을 멘 채 부림지구의 제철단지에 도착했다. 아메리카에 갔다 왔다는 말도, 오키나와에서 막 도착했다는 말도, 어느 깊은 산속 오지에서 뱀을 잡아 먹으며 도를 닦고 나왔다는 말도 있었다. 누구나 그가 제철단지 노동자로 일하기 위해 부림지구에 왔을 거라고 생각했겠지만 그는 좀 다른 사람이었다. 그는 막 지어지고 있는 제철단지를 뒤로하고 매의 눈으로 벌판을 째려봤다. 그 당시에는 아무나 소지하기 어려웠던 시가를 꺼내 불을 붙인 뒤 여러 각도에서 찬찬히 벌판을 뜯어봤다. 시가가 타들어가는 동안 그의 눈에서 이상한 빛이 뿜어져 나왔다. 그러고 나서 그는 며칠간 계속해서 잠만 잤다.

어느 날 새벽 사업가는 수염을 말끔히 깎고 깨끗한 옷으로 갈아입은 뒤 중앙로에서 가장 부자라고 알려진 주류업체 사장 집을 찾아갔다. 그 집은 대대로 양조장을 경영했는데, 그렇게 그 사장은 집안의 부를 고스란히 물려받았다. 그 일대의 술이란 술은 거의 그 양조장 제품이었다. 그의 집안이 혁명가 소굴이라는 소문도 있었다. 양조장 사장의 조부는 가난한 사람들이 떼로 몰려가 돈을 내놓으라고 하면, 모여든 모든 사람을 만족시킬 만큼 돈을 냈다. 그런 날 저녁이면 돼지를 통으로 잡아 동네 사람들을 먹였다. 보관 중인 술도 모두 마시게 내놓았다. 자기만 아는 부자가 아니라 말이 통하는 부자였지만 그의 돈은 대부분 가난한 사람들의 주머니에서 나왔다. 부림타운 개척자는 양조장 사장의 집으로 들어가 3일이 지난 뒤, 육중한 대문을 밀고 2, 3초 간격으로 양조장 사장과 차례로 밖으로 나왔다. 그 며칠 후에 부림타운만들기협회가 생겨났다. 박모 씨가 회장이 된 협회는 땅과 돈이 있는 사람들을 모았고 부림타운을 만들었다. 제철단지에서 고생하는 부림지구 노동자들을 즐겁게 해주는 것이 그들의 꿈이었다.

하지만 그 어떤 것도 영원히 남지 않는다. 협회도 없어졌고 부림타운 입구에 세워졌던 협회 초대회장 박 모 씨의 흉상은 깨져서 박살이 났다. 나는 땅에 떨어진 그 흉상 조각을 주워 들고 집으로 왔다. 천으로 닦고 또 닦으면서 깨지기 전의 온전한 흉상을 떠올려보려고 노력했지만 잘 맞춰지지 않았다. 결국 그 조각은 터진 담벼락을 틀어막는 데 썼다.

피플스극장 얘기는 꼭 해야 한다. 협회 사람들은 건축가를 만나 극장부터 지어달라고 했다. 건축가는 협회의 요청을 받아들여 전체 부지 한가운데에 극장을 만들었고, 그곳을 중심으로 환락가를 꾸몄다. 피플스극장이 한가운데 있고 그 아래로 부림타운 1지구와 부림타운 2지구가 원뿔 형태로 조성되었다. 극장 다음으로는 술집, 음식점, 잡화 가게가 들어설 건물들을 세웠다. 시간이 가면서 길가 뒤로 살림집들이 들어서고 타운 전체는 처음과 달리 둥근 형태로 커져갔다. 누구나 1지구에서 시작해 2지구로 갔다가 지루해지면 다시 1지구로 가서 놀면 되는 것이었다. 제철단지에서 가까운 동남쪽의 1지구에는 숙박업소, 술집, 연회장, 당구장, 오락실, 노래방 등 사람들이 모여드는 업종이 많았고, 서남쪽 위에 걸친 2지구에는 성인클럽, 포르노 비디오테이프 가게, 포르노 잡지 가게, 텔레비전에 나오는 연예인 모습과 비슷하게 만들어 촬영을 해주는 배우 변장숍, 체크무늬 교복을 빌려주고 사진 촬영을 하게 해주는 리마인드 여고생숍 같은 것들도 있었다. 외지인들도 부림타운에 자주 놀러 왔고 정말이지 활기가 넘쳤다. 여기서 주희와 내가 은밀한 아르바이트를 했다는 건 우리 둘만의 비밀이다. 우리가 가끔씩 담배를 피웠다는 것도, 아저씨들한테 돈을 받고 허벅지를 보여주는 알바를 했다는 것도 모두 다, 모두 다 비밀이다.

흙구덩이에서 빠져나온 뒤 대피소로 이동했다. 정확히는 흙구덩이에서 뽑혀져 들것에 실린 뒤 트럭으로 옮겨졌다. 처음 본 대피소는 아이보리색의 외관으로 박스 공장이나 컨테이너 창고 같았다. 부서지지 않고 남은 외벽과 지붕에 천막을 이어 붙인 간이용 막사 형태였다. 사람들이 얼굴에 양파자루로 만든 두건을 쓰고 눈 부분에만 구멍을 내어 그 위에 선글라스를 쓴 채 대피소 앞을 지나갔다.

밤이 되면서 몸과 마음을 다친 사람들이 꾸역꾸역 대피소로 밀려들어왔다. 대피소는 바깥에 비하면 아늑하고 밝았다. 긴 막대기로 바닥 좌우를 짧게짧게 두들기며 옆 사람 팔을 잡고 둘셋씩 조용히 걸어오는 시각장애인 이재민들도 보였다. 눈을 돌리면 얼굴을 잔뜩 찡그린 불행한 사람들 천지였다. 침낭에 누운 채 시선을 둘 곳이 없어 다른 상상을 해보려고 노력했다. 사람들은 몸이 반쯤 젖어 있거나 입에서 흰 김을 내뿜으며 덜덜 떨었다.

이상하게도 대피소 안에 있으면 모든 소리들이 더 집중적으로 커지는 것 같은 착각이 들곤 했다. 시각이 흐려져 청각이 더 예민해지는 것인지도 몰랐다. 내 앞에 서 있는 한 남자의 작업복 바짓단에서 물이 똑똑 떨어졌다. 그가 바짓단을 내려다보며 혼잣말을 했다.

"물방울 하나, 물방울 둘, 물방울 셋……"

"이봐요, 조용히 해요. 왜 자꾸 숫자를 세는 거야, 시끄럽게."

누군가가 소리쳤다. 물방울을 세는 남자의 얼굴은 땅콩버터 빛깔처럼 누렜고, 눈은 아몬드 모양으로 커서 몹시 불안해 보였다. 다들 더는 화를 낼 기운도 없어 보였다. 방역센터 공무원들이 계속해서 생존자 차트에 이름을 기재했다. 이름이 제대로 적혔는지 확인하고 싶었지만 그럴 기운도 없었다. 잘못 기재되어 나 하나쯤 실종으로 처리된다고 해서 뭐가 문제일까. 이 세상에 나를 찾아다닐 사람은 단 한명도 없다.

가만히 있어도 이가 저절로 딱딱 부딪는 소리가 나며 온몸이 흔들렸다. 이재민들이 고통에 떨거나 말거나 잿빛 밤은 잘도 흘러갔다. 대피소 밖에서는 긴 터널에서 울리는 것 같은 음울한 셰퍼드 울음소리가, 리듬체조 리본이 풀리듯 계속 들려왔다.

"저기요. 저 개 좀 어떻게 해보세요. 정말 미칠 것 같아요."

머리를 짧게 자른 여자가 손바닥으로 자기 뺨을 계속 때리며 울었다. 대피소 바닥에는 사람들이 누울 수 있는 매트나 담요조차도 충분치 않았다. 검은 수염이 난 얼굴을 야구모자로 가린 한 남자가 앞으로 나왔다. 덩치에 비해 다소 겁이 많아 보이는 사람이었는데, 계속해서 오른손 손가락으로 허벅지 위를 건반 두드리듯 두드려대며 다리를 떨었다.

"우린 이제 어떻게 되나요? 누가 알면 말 좀 해주세요."

남자는 왼손마저도 떨더니 이내 몸 전체를 심하게 떨었다.

"내 아기가 사라졌다구요."

아기라고 말하긴 했지만 키우던 개라는 걸 단번에 알 수 있었다. 그의 몸은 개의 체취에 절어 있었고, 그가 들고 있는 사진 속의 개와 남자는 몹시도 닮아 보였다.

"48시간도 더 지났다면서요, 그럼 벌써 죽었겠지. 괜히 바이러스나 옮아서 고생만 하느니, 잘됐지 뭡니까."

무례한 말에 남자는 끝내 참지 못하고 두 손으로 입을 막고 울기 시작했다. 개들이 바이러스를 옮기고 다녀, 어떤 사람이 다리를 절단했다는 얘기를 들은 적이 있다. 그런 말을 들을 때는 기운을 내고 싶어도 몸이 말을 듣지 않았다. 뭔가 먹지 않은 건 아니지만 비상식량 정도만 주기 때문에 기운을 내는 데는 도움이 되지 않았다. 다른 사람을 위로하고 말고 할 상황이 아니었다.

"이건 상상이 아닙니다."

흰 머리칼을 하나로 올려 묶은 여자가 말했다. 그러거

나 말거나 알코올중독자처럼 술 생각만 점점 더 간절해졌
다. 알코올이 아니면 과하게 다디단 케이크라도. 하지만
대피소에 술이나 케이크 같은 게 있을 리 없었다. 문득 신
발을 내려다봤는데, 신발 밑창까지 온통 검붉은색으로 물
들어 있고, 피 냄새가 났다. 발가락에 잡힌 물집이 모두 터
져 살갗에 찰싹 달라붙어버렸다. 얼굴도 꼬집어보고 정수
리 머리털도 잡아당겨봤다. 운동화를 제 색깔인 흰색으로
돌려놓을 수 있다고 생각하면서도 왠지 자신이 없었다.
시간이 갈수록 대피소 안은 차분하고 고요해져갔다. 트럭
이 와서는 통증을 완화시켜주는 약을 조금 주고, 먹을 음
식도 아주 조금 주고, 더러운 담요를 던지듯 주고 가는 것
말고는 별도의 조치가 없었다. 누구도 지진 이전으로 되
돌려놓을 수는 없었다. 불평 불만을 그쳐야 했다.

　대피소에서도 시간은 흘렀다. 사람들은 곧 소멸할 운명
에 처한 덩치 큰 곤충, 아니 바다 쓰레기처럼 널브러져 있
었다. 사람들을 계속 보고 있기가 힘들었다. 바람을 쐬고
싶어 살며시 문을 밀고 밖을 내다봤다. 커다란 개 한마리

가 바닥에 몸을 누인 채 낑낑거리고 있었다. 독일 셰퍼드였다.

"곧 죽을 것 같소."

문밖에 쭈그리고 앉아 개를 들여다보던 노인이 말했다. 개는 혀를 내밀고 헐떡거렸다. 바깥 상황도 좋지 않아 다시 내 자리로 돌아왔다. 계속 나를 쳐다보고 있던 반대편 구역의 한 여자가 내 쪽으로 다가와 얼굴을 가까이 대고 말했다.

"바깥에 있는 사람들이 오줌을 받아 먹고 있어요."

여자의 입에서 끔찍한 악취가 났다. 몇몇 사람이 소변을 받아 마신다는 건 이미 다 알려진 일이었다. 몸 밖에서 들어오는 건 다 지저분하다는 게 이유였다. 여성에 비해 남성이 소변을 받아 먹기 훨씬 쉬울 거라는 건 상상할 수 있었다.

"인간이 어떻게 저런 짓거리를."

인간이니까 그럴 수도 있지 않을까, 머릿속이 엉킨 철사줄처럼 복잡해졌다.

"신을 믿어야 해요."

뜬금없는 말을 하는 여자를 한방에 날려버리고 싶었다.
여자가 더 가까이 다가왔고 커진 동공이 보였다.

"저랑 나가서 사람들이 소변 받아 먹는 꼬락서니 같이
구경하실래요?"

여자의 입에서 나는 악취 때문에 나도 모르게 눈을 감
았다. 여자가 내 팔을 툭 치고는 인쇄 상태가 조악한 전단
을 내 손 위에 올려놓았다. 종교단체 홍보물이었다.

"개나 고양이를 잡아먹을 날도 머지않았어요."

그렇게 말하는 여자의 입을 틀어막고 싶었다. 나도 여자
의 팔을 툭툭 쳤다. 순간 여자가 미친 듯이 고함을 질렀다.

"어디 내 몸에 손을 대? 미친 거 아냐. 이봐요, 이 여자
가 날 만져요! 이 여자가 날 추행하려고 한다니까."

여자의 몸은 돌덩이처럼 차가웠고 냄새는 아주 지독했
다. 그 틈에 있는 나도 악취가 나기는 마찬가지였다. 대피
소 사람들 모두 존엄을 잃어가고 있었다.

턱이 빠질 것처럼 이가 떨려 잠을 잘 수가 없었다. 공포

에 떠느라 몸을 자주 뒤척였다. 잠깐 잠이 들면 어김없이 꿈을 꾸었다. 내 몸은 아직도 흙구덩이에 빠져 있었다. 검은 흙구덩이 안은 차갑고 축축했다. 어깨를 들면 다리가 빠지고 가까스로 다리를 빼고 나면 머리가 빠지는 식으로, 전혀 헤쳐 나올 수 없는 검은 흙구덩이 속에 여전히 파묻혀 있었다. 그래도 자야 했다. 얼굴 위에 무거운 재킷을 뒤집어쓰고 눈을 감았다.

한 여자애가 계속 큰 소리로 울었다. 사람들이 조용히 하라고 소리를 질렀다.

"시끄러우니까 나가. 나가서 울어라."

누군가가 매몰차게 소리쳤다.

"아무것도 할 수 없어, 우리는!"

알록달록한 방울 달린 모자를 쓴 한 여자가 얼굴 주름을 구기며 말했다. 여자도 울음을 터뜨리기 직전이었다.

"자, 당분간 이 건물 안에서 움직이시면 안 됩니다. 밖의 상황이 완전히 안정될 때까지 다들 이 안에서 꼼짝도 말아요. 건물 바깥에서 사고가 생기면 아무도 책임을 못

져요. 파상풍, 여러가지 감염, 영양실조, 우울증. 여러분을 공격하는 많은 것으로부터 여러분 스스로를 지키세요."

방역센터 자원봉사자들이 생라면, 밀크초콜릿, 가공소금이 덕지덕지 달라붙은 짜디짠 비스킷을 나눠주며 말했다. 그토록 가벼운 과자 봉지조차 뜯을 힘도 없었다. 잔뜩 성이 난 혓바닥은 아무것도 받아들이질 못했다. 도베르만 한마리가 혀를 헐떡거리며 나를 노려보고 서 있었다. 조금 남겨두었던 비스킷을 개에게 줬다. 개는 비스킷을 먹다가 머리를 들어 나를 올려다봐주었다. 사람들은 각자 다른 방향을 보며 중얼거렸다. 쳐다봐야 할 방향이 어디인지 아는 사람은 없는 것 같았다. 실내에서 선 채로 오줌을 누는 남자도 보였다. 엎드려 울고 있는 사람들, 계속해서 왼쪽으로 돌았다가 오른쪽으로 돌았다가 제자리를 맴맴 돌고 있는 여자도 보였다.

자동차 소리도, 스피커폰 소리도, 개 짖는 소리도 들리지 않았다. 심지어 비상전력마저 동나버려 밤에는 전기가 들어오지 않고 낮에는 물이 나오지 않았다. 식수는 물론 얼굴을 씻을 물조차 없었다. 얼굴이 모래처럼 말라버렸다. 입술도 혀도 감각이 사라져 석고처럼 굳어갔다.

가장 심각한 문제는 정맥류 스타킹이 없다는 것! 두 다리는 스타킹의 압력이 사라지자 두부를 넣은 자루처럼 무겁고 탱탱해졌다. 손가락으로 눌러도 눌러지지 않고 눌린 부분의 피부가 파랗게 올라왔다. 힘줄이 튀어오르고 군데군데 피가 엉겨 팥알 크기만한 반점들이 생겨났다. 살아 있는 게 틀림없지만 이렇게 가다간 다리를 절단하게 될지도 몰랐다. 레게 스타일로 머리를 무겁게 말아 올린 여자가 짐을 잔뜩 끌고 이쪽으로 다가왔다. 그때 누군가가 소리쳤다.

"비닐봉지를 받으세요, 비닐봉지."

큰 비닐봉지 안에서 작은 비닐봉지를 꺼내 사람들의 손에 하나씩 놓아주었다. 시야가 흐려지면서 손 위에 올려놓은 것이 잘 보이지 않았다.

"애개, 겨우 마스크잖아."

그러나 곧장 다들 입을 닫았다. 마스크 한장이라도 가

져다줄 사람이 있다는 것만으로도 다행이었다. 자원봉사
자들이 큰 소리로 말했다.

"자, 이제 본인의 신원을 증명해줄 수 있는 것들을 찾아
보세요. 아무거나 뭐든 좋아요. 그리고 우리한테 그걸 보
여주세요. 아무것도 없으면 본인에 대해 우리한테 말해주
세요."

다들 미친 것 같았다. 어려움에 빠진 이재민들에게 본
인의 신원을 설명하라니.

"이봐요, 우린 지금 손도 까닥할 힘이 없어요. 지금 우
리가 이런 얘기를 듣고 있다는 게 자연스러운 일인가요?"

누군가가 항의했다.

"저희는 여러분이 누구인지 기록을 해야 합니다. 여러
분이 누구인지 증명할 수 있는 신분증이라든가, 뭔가 있
는지 한번 생각해보세요. 무엇이든 좋습니다."

"증빙이라니요. 내가 그냥 나지."

"저도 여러분과 똑같은 이재민일 뿐입니다. 우리 서로
화내지 말고 어려운 상황을 잘 이겨냅시다."

"저기요."

특별히 할 말이 있는 건 아니었지만 내 말은 자원봉사자에게 당도하기도 전에 또 잘리고 말았다.

나에 대해서라면 사실 할 말이 있기는 했다. 내 발등에 문신이 있다는 거. 문신은 파란색이었다. 발등에 제철소의 용광로와 제철단지를 펜으로 그린 그림처럼 새겨넣었다는 거. 지진 현장처럼, 붉은색의 흙더미 속에서 혹시 시체로 발견되는 일이 생기면 가족들이, 가족이라고 해봐야 아무도 없지만, 누군가 내 문신을 기억하는 사람이 나를 빨리 알아봐주기를 바라고 한 일이었다. 양쪽 팔목에도 문신을 했다. 앞으로 몸의 분절이 일어나는 곳마다 다 표시를 할 작정이다. 어디에서 어떻게 죽을지 모르니까. 내 문신을 보면 부림지구 사람이라는 것을 알고 시신이라도 보내줄지 모른다. 문신은 지워지지 않는다. 흙바닥처럼 갈라진 토양이 다시 정상이 될 정도의 시간이 흐르면 파란색이 더 진해질 것이다. 하지만 또 지진이 일어난다면 그때는 흙더미 속에 다시 묻히더라도 나 자신을 증명할 수 있는 종이쪽지라도, 어떤 증거라도 가지고 있어야겠다.

어느 순간, 대피소 안은 벽을 따라 널어놓은 컬러풀한 옷들만 넘실댔다. 우리에게 많은 질문을 해대던 재난센터 자원봉사자들도 일제히 사라지고 없었다. 이재민들은 커다란 모포나 깔개 아래 삼삼오오 모여 앉아 했던 말을 또 하거나, 각자의 생각에 빠져 있었다. 상황은 나쁜데 자꾸만 쓸데없이 의욕이 생겨났다. 그때 대피소 바닥에 뒹구는 휴대폰 하나를 발견했고 나는 그것을 재빨리 주워 점퍼 주머니에 넣었다.

자다가 한밤중에 문 쪽으로 뛰어갔다. 버린 비로드 숄 같은 몸을 자학하듯 땅에 비비적대다 죽은 개들이 문 앞에 즐비했다. 밤새 얼마나 애를 썼는지 입술 주위로 줄줄 흘러내린 게거품이 고드름처럼 말라붙었다. 갈색 털과 검은색 털이 어우러진 개의 등허리를 쓰다듬었다. 들어 안으려 했더니 식료품 찌꺼기를 담은 자루처럼 축 늘어졌다. 개의 목 언저리는 상처가 난 채 속살이 브이 자로 벌어져 있었다. 부드럽게 처진 개의 몸은 얼음처럼 차가웠다.

밤새 어두운 하늘을 보며 발버둥을 친 것 같았다. 불빛 하나 없이 매캐하고 역겨운 냄새가 진동하는 곳에서 개들은 살아남으려고 발버둥을 치며 시간의 끝을 보았을 것이다. 나는 숨을 참으며 겨우 어두운 하늘을 올려다봤다.

"내 휴대폰 내놔."

여자가 내 뒷목을 잡고 말했다. 대답을 하려고 고개를 돌리는 순간 대피소 문에 몸이 부딪혔다.

"이 도둑년, 니가 부림타운에서 무슨 일을 했는지 내가 다 안다구."

자기 몸에 손을 댄다고 난리를 치던 여자였다. 사방이 고요했고 보는 사람도 없었다. 순간적으로 나는 여자를 밀쳤다. 여자가 다부지게 내 머리채를 잡았다. 너무 고요해서, 부담스러울 정도로 밀치고 당기는 소음이 생생하게 퍼졌다. 나는 화가 났고 더는 참을 수 없었다. 나는 여자를 죽일 수도 있었다. 죽여서 개와 함께 땅에 파묻으면 그만이었다. 나는 여자를 때려눕히고 한쪽 발로 배를 밟고 선 채 말했다.

"대피소에서 주웠을 뿐이라구. 돌려줄 테니, 다시는 까불지 마. 한번만 더 까불면 죽여버릴 거야."

그렇게 멋지게 말하고 내 자리로 돌아왔을 때, 한 여자애가 왼쪽 손목 위를 내려다보며 커터 칼로 자해를 시도하고 있었다. 나는 온몸을 날려 그애를 덮쳤다. 무사히 막았다고 생각했을 때 아이가 말했다.

"괜찮으니까 그만 놔주세요."

아이가 내 품에서 벗어나려고 몸을 움쩍거리며 말했다. 혜나였다. 혜나는 그때부터 나와 가족이었다.

대피소 건물 내외의 소독이 더 강화됐다. 대피소 진입로에는 철제로 만든 대형 소독 시설이 설치되어, 사람도 차도 일단 소독이 필수였다. 노란색 형광 조끼를 입은 관리자들이 사람들의 몸과 머리 위로 소독제가 든 스프레이를 칙칙 뿌렸다. 이재민들은 보호 대상이 아니라 소독 대상이라는 듯이. 내 몸 위로 스프레이에서 나온 액체가 스며들었다. 소름이 돋고 몸이 떨렸다. 스프레이가 뿌려지는 순간 우리가 오염된 사람들이라는 건 부정하기 어려운 사실이 되었다.

관리자로 보이는 사람이 이재민들을 막아섰다.

"그냥 들어가면 안 됩니다. 이거 받아 가세요. 내일이면 다 없어져버려요. 없어진 다음에는 말해봐야 소용없어요. 지금 받아 가세요."

어깨에 긴급구호단이란 글씨가 새겨진 붉은색 띠를 두른 사람들이 체육관 문 옆에 높이 쌓아둔 짐더미에서 비닐에 싸인 상자 하나씩을 꺼내 이재민들에게 나눠줬다.

"존엄 유지 키트다!"

그러자 여러 사람이 한꺼번에 몰려왔고 실내는 아수라장이 되었다.

놀랍게도 그 순간 나는 존엄 유지 키트를 나눠주는 사람들 틈에서 아는 얼굴을 봤다. 그는 전보다 머리카락이 더 벗어지고 살도 더 빠져 볼품없이 변해 있었다. 그가 더 볼품없어져서 이제는 어쩐지 나와 더 가까운 사람이 될 수도 있을 것 같아 몹시 기뻤다. 바로 최인기 기자였다. 나는 그가 기자로 일하던 신문사 '부림네트워킹'에서 우편물 포장과 창고 정리를 하는 간단한 사무 보조 인력으로 일했었다. 여러번 그의 책상 위를 걸레로 닦고, 그가 모르게 연필을 깎아두곤 했었다. 그가 책상 아래 넣어둔 구두에 묻은 흙을 한참 동안 살펴보며 그의 행선지를 추측해본 적도 있었다.

나는 옆 사람에게 잠깐 자리를 비운다고 말하고는 대피소 입구까지 갔다. 전혀 주저하지 않았다. 내가 대열에 섰다가 바로 그의 코앞으로 지나가는데도, 그는 존엄 유지 키트를 받았느냐는, 누구에게나 하는 간단한 질문조차도 건네지 않았다. 키트를 나눠주는 게 그의 일인 모양이었다. 그가 나를 그냥 지나치자 몹시 마음이 상했다. 문 옆에 쌓아둔 키트의 높이가 한결 줄어들 때까지 나는 최기자를 먼 곳에서 지켜보았다. 그를 보고 있는 것만으로도 심장이 쿵쾅거렸다. 그때, 신문사에 다닐 때가 내 인생 최고의 시기였다.

여성용이라고 적힌 존엄 유지 키트 하나와 담요 한장을

받아 들고 대피소로 들어갔다. 이재민들로 발 디딜 틈이 없었고 벽에 널어놓은 알록달록한 빨래, 신음 소리까지 모두 다 총천연색이어서 바로 돌아 나오고 싶었다. 다들 크리스마스 선물이나 생일 선물을 풀어볼 때와 똑같은 표정으로 대피소 바닥에 앉아 존엄 유지 키트를 풀었다. 목욕비누 한장, 세탁비누 두장, 팬티 아홉장, 손톱깎이 한개, 세수수건 한장, 목욕수건 한장, 슬리퍼 한켤레, 칫솔 한개, 치약 한개, 뚜껑 달린 양동이 한개, 뚜껑 달린 요강 한개, 생리대 두 팩, 산모용 생리대 세 팩, 샴푸 한통, 알코올 한통, 화장실용 티슈 두 팩, 기저귀 두개, 빗 한개, 건전지가 든 손전등 한개였다. 위험 상황이 왔을 때 쓸 호루라기 한개도 함께 들어 있었다.

"이걸 지금에서야 받다니, 필요할 때는 아무도 주지 않았잖아. 겨우 마스크나 주더니, 모든 게 늦어, 모든 게 너무 늦는다구!"

한 이재민이 키트를 몽땅 바닥에 쏟으며 말했다. 사방에서 키트 포장 뜯는 소리가 요란했다. 대피소에서 당장 쓸 물건과 지진이 복구된 후 나중에 쓸 물건을 분류했다. 어차피 목욕수건이라든가 슬리퍼 같은 것들은 대피소에서는 쓸 수 없었다. 세탁비누 한장, 팬티 다섯장, 샴푸 한통은 비닐에 따로 잘 싸두었다. 먼지가 묻어 헌 물건이 되는 건 싫었다. 좋은 건 잘 보관했다가 수진이 돌아온 후에 같이 쓰고 싶었다.

"요강이라니, 도대체 사람을 뭘로 보고."

그렇게 말한 사람은 그날 밤 당장 요강 없이는 살 수 없다는 걸 바로 알게 될 테니까 나는 그냥 웃었다.

"정말이지 쓸 만 한 건 하나도 없네. 최첨단장비는 전혀 없잖아."

그렇게 말한 사람도 당장 자신의 생각이 잘못됐다는 걸 인정해야 했다. 최첨단장비가 있어봐야 쓸 수 있는 전력이 없었다.

여자들에게 대피소는 최악이었다. 여자들만의 목욕 장소도, 용변을 해결할 장소도 없었다. 그렇다고 여자들만을 위한 시설을 만들어달라고 말할 수도 없었다. 나이 든 여자들이 나이 어린 여자애와 노인 들을 돌봤다.

넓은 대피소 안에 개인용 혹은 2인용, 3인용 천막이 쳐 있었다. 알록달록한 색깔의 작은 이불들도 꽃처럼 바닥에 붙어 있었다. 지진 재발 방지를 위해, 전국의 무슨 가정주부연합회 사람들이 특별히 만들어 보낸 선물이었다. 텅 빈 천장 한가운데로 찢어진 흰천 같은 빛이 이재민들의 얼굴을 가르며 비웃듯이 떠다녔다.

대피소에는 재난센터 공무원들도 상주하고 있었는데, 아무 때나 와서 괜찮냐고 묻고 또 물었다. 대학원생쯤으로 보이는 자원봉사자들이 머리에 팔을 얹고 지쳐 누운 이재민들 앞에 무릎을 꿇고 앉아 설문조사를 했다.

"난 자고 있다가 하마터면 죽을 뻔했잖아. 내가 둔해서 잘 몰랐는데 사실 그 전날 어항 속 물고기들이 죄다 배를 하얗게 까뒤집고 죽어 있었어."

나는 그들의 말을 계속 엿들었다.

"난 사실 그 전날 밤 남자친구와 심하게 싸웠어요. 잘해보고 싶었는데 망했죠. 지진이 났던 그날은 헤르만이라는 식당에서 밥을 먹고 있었어요. 손님도 별로 없는 작은 식당이었지만 특이한 게 있다면 출입문에, 녹이 슨 강철로 만든 사자 얼굴이 부조로 붙어 있었어요. 그런데 그날 그 사자 얼굴 조각이 깨져 땅바닥에 떨어져 있는 거예요. 주인은 주방에서 쉭쉭거리는 소리를 내며 혼자 바쁘게 움직였죠. 새소리도, 먼 곳에서 들려오는 자동차 소리도 평소와 똑같았어요. 무뚝뚝한 성격의 카페 주인이 리얼 허니가 든 커다란 튜브를 들고 와, 한가운데를 눌러 방귀 뀌는 소리를 내며 리얼 허니를 빵 위에 소용돌이 모양으로 뿌려주고는 사라졌죠. 빵 위에서 접시로 흘러내리는 것을 손가락으로 찍어 먹었는데, 사실 그 순간 저는 울고 있었어요. 남자친구 생각을 했죠. 세상에서 가장 따뜻한 목소리를 가진 사람이었는데…… 어쨌든 달고 축축한 리얼 허니의 맛이 땅이 흔들리기 전에 맛본 마지막 단맛이었어요. 방부제가 잔뜩 든 그 맛이 그리워요. 빨리 휴대폰이 팡팡 터지면 좋겠어요. 남자친구 목소리가 듣고 싶은데 어떻게 해야 할지. 다시는 만날 수 없는 걸까요?"

여자가 울음을 터뜨렸다. 남자친구가 죽었다고 믿는지도 몰랐다. 왜 사람들은 눈물을 흘릴 때 가장 착해 보일까. 여자가 찌그러진 얼굴을 펴고 눈물을 닦고 숨을 가라앉히고 나서 이야기를 계속했다. 나는 헤르만이라는 식당을 지나가다가 본 적이 있나, 부림타운 전체를 샅샅이 떠올리며 찾는 중이었다.

"누군가가 엎드리라고 소리쳤어요. 잠깐 옆을 돌아봤고, 풍경보다는 조금 늦게 땅바닥에 주저앉았던 것 같아요. 그때 세상이 왼쪽에서 오른쪽 끝으로, 잘게 잘리기 시작했죠. 그보다 몇초 늦게 발아래의 아스팔트가 도미노 조각처럼 후드득 잘렸다가, 부서진 케이크 조각들처럼 가루로 변하고 있었어요. 실금천지가 된 아스팔트는 불에 달구어진 프라이팬처럼 뜨거웠죠."

사람들은 조금씩 여유를 찾아가면서 자기 얘기를 하기 시작했다. 하지만 얘기를 듣고 있으면 점점 지루해졌다. 나는 대피소 밖으로 나갔다. 대피소 입구에서 최기자가 혜나와 함께 얘기를 나누는 모습을 보았다. 처음에는 적당한 거리를 유지한 듯 보였지만 시간이 갈수록 자석이라도 되는 듯 두 사람의 거리가 지나치다 싶을 정도로 가까워졌다. 나는 얼른 시선을 피했다. 시간이 좀 지나, 혜나가 내가 있는 쪽으로 걸어올 때까지 기다렸다.

"혜나야 너 지금 몇살이지?"

"열여섯살이요, 아줌마. 한번만 더 물어보면 열번도 넘어요. 제발 나이 좀 그만 물어보세요."

"미안해, 벌써 치매가 온 건가. 용서해주길."

갑자기 대피소와 그 주변이 파노라마 카메라로 찍어 높이를 다르게 이어 붙인 풍경처럼 흔들렸다. 나는 두 사람을 의심했고 질문을 멈출 수가 없었다.

"머리숱 적은 저 남자랑 무슨 얘기 했니?"

혜나는 내 얼굴을 빤히 쳐다봤다.

"아줌마, 저 아저씨 아세요?"

나는 고개를 끄덕였고 혜나는 내 얼굴을 빤히 봤다.

"아니, 몰라. 응, 알아. 그 사람은 신문사 기자였어. 너랑 무슨 얘기 했는지 궁금해서."

혜나는 말없이 발끝의 돌을 가볍게 차며 걸었고 나는 그 소리가 계속 거슬렸다.

"내가 뭘 좀 물어봤어요, 그 아저씨한테. 기자였구나, 난 몰랐는데."

나는 태연히 고개를 끄덕였다.

"잘했다, 청소년! 뭐든 궁금한 건 물어봐야지."

나는 엄청 긍정적인 사람인 것처럼 말했다.

점차 대피소에 식량 지급이 뜸해졌다. 며칠이 지나자 결국 벌레를 먹게 됐다. 흰 플라스틱통에 넣어둔 벌레들은 서로의 몸 안으로 파고들면서 비슷한 무늬의 동선을 계속 퍼뜨렸다. 손 위에 놓인 벌레는 따뜻했다. 촉수로 피부를 빨아들인다거나 하는 불쾌감은 전혀 없었다. 아무리 그래도 처음부터 벌레를 잘 먹기는 쉽지 않았다. 혀를 입 안쪽으로 밀어넣은 채 앞니로만 벌레를 씹었다. 벌레의 몸통에서 터져 나오는 액체가 혀에 닿지 않도록 하는 것이 관건이었다. 살아 있다는 건 신기한 일이었다. 벌레를 먹게 되다니!

"아무것도 먹을 것이 없을 때를 생각해보면 벌레는 참 맛있는 음식이죠. 세계의 여러 나라에서 벌레를 먹는 것은 불법이 아니고 합법입니다."

같이 먹던 누군가가 말했다. 노랗게 구운 흰 벌레를 씹으면 처음에는 물론 혀가 제일 먼저 떨리는데, 나중에는 벌레를 씹고 있는 자신을 결국 용서하게 됐다.

"저, 벌레 한마리만 더 주실래요? 벌레에서 고기 맛이 나네요. 시간이 갈수록 이런 것들에 익숙해지다니, 놀라워요."

내가 말했다.

"벌레라도 실컷 먹을 수 있다면 좋겠네요."

누군가가 그런 말을 했는데 바로 토할 것 같았다.

나무껍질도 빨아 먹었다. 그리고 내용을 잘 알 수 없는 백색 열매, 검붉은 콩보다 작은 열매 같은 것들도 먹었다. 독이 없는 버섯도 먹었다. 토하고 먹고 또 먹었다. 참치 캔, 연어 캔, 버섯 캔을 먹고 싶었다. 이불 틈새에서 고양이 한마리가 살며시 걸어왔는데 고양이도 사람도 꼴이 말이 아니었다. 슬퍼 보이는 듯한 째진 눈매, 금세 흰 김이 피어오를 것 같은 젖은 털과 붉게 변한 얼굴색까지. 고양이가 단번에 내 배 앞으로 올라와 앉았다. 상반신을 접어 고양이를 품었다. 작은 고양이도 온몸으로 재해를 앓는 중이었다.

벙커 공기가 달라졌다. 다른 벙커 사람들에 대한 험담이 끊이지 않았다. 어느 벙커에는 범죄자가 숨어 있다느니, 그것도 그냥 범죄자가 아니라 친족살해범이라느니, 많은 빚을 지고 부림지구로 도망쳐 온 사람이 있다느니, 약물중독자들도 있다느니 소문은 점점 부풀었다. 갈등의 원인은 분뇨 처리 때문이었다. 어떻게 처리를 한다 해도, 분뇨를 벙커 안에 두는 이상, 냄새가 진동할 수밖에 없었다. 게다가 벙커 바깥은 여름이었다. 누군가가 남의 벙커 주변에 분뇨를 갖다 버리는 일이 자주 발생했다. 우리 대장만이 유일하게 벙커 밖으로 가지고 나가 석회가루를 뿌려 땅에 파묻었다. 사실은 나도 아무렇게나 내다 버린 적이 많았다.

　주변 벙커 사람들이 우리 벙커에서 모이기로 했다. 사회성이라고는 전혀 없는 내가 봐도 모여서 얘기를 해볼 필요가 있었다. 조금씩 시차를 두고 얼굴이 누렇게 뜬 사람들이 우리 벙커로 왔다. 들어오는 사람마다 손에 종이 한장씩을 들고 있었다. 정부가 뿌린 홍보 전단이었다. 이재민들의 몸에 생체 인식 칩을 넣는 이벤트는 여전히 진행 중이었다. 이벤트 기간이 끝나면 강제로 시행한다는 빨간색 홍보 전단 덕분에 다들 심란해 보였다. 이벤트에 응하는 사람들에게는 세금을 감면해준다는 문구에는 빨간색 밑줄이 두개나 그어져 있었다.

　"왜 우리 몸에 칩을 넣으려고 할까? 누가 얘기 좀 해봐요."

　우리 벙커 사람들이 모두 최기자를 쳐다봤고 그가 일어섰다.

　"칩의 원조는 강대국에서 불법체류자들을 관리하려고 만든 생체정보 아이디 카드였어요. 카드가 칩으로 진화했

죠. 애완동물 몸에 칩이 들어간 건 그보다 더 오래전이었
어요. 어떤 개들은 그 칩 덕분에 잃었던 집으로 안전하게
돌아가기도 했죠. 몸에 전자 칩을 넣은 뒤 스캐너로 읽게
하는 장치예요. 몸에 든 전자 칩만 있다면 그가 누구인지,
재산은 얼마나 있고, 세금은 제대로 냈는지, 혈액형은 뭔
지, 어디에 사는지 다 알아낼 수 있죠. 그리고 또 뭐가 있
을까, 앞으로는 더 중요한 다른 것도 알아낼 수 있겠죠."

"그럼 그 정보들을 도대체 어떻게 업데이트한다는 겁
니까?"

아무도 대답을 하지 못했다. 하지만 그런 걸 알아낸다
고 해서 사람의 진짜 속마음까지 알 수 있을까. 내 몸에 칩
을 넣는다고 해봐야 빼 갈 정보도 없었다. 나는 피밖에는
가진 게 없다. 그래도 내 몸에 칩을 넣어야 한다면, 넣는
수밖에 없다.

그들의 얼굴을 보자 내 얼굴이 어떨지 짐작이 갔다. 귀
신이 따로 없었다. 어떤 여자가 작게 조각내 자른 파란색
비누를 선물로 가져왔다. 비누에 코를 대고 향을 맡았다.

좋은 향은 불안감을 잊게 만드는 힘이 있다. 선물도 할 줄 알고, 겉으로만 봐서는 분뇨 같은 걸 마구 바깥에 내다 버릴 사람들로는 보이지 않았다.

하지만 바로 말싸움이 시작됐다. 옆 벙커의 사람들은 우리 벙커를 의심했다. 또 우리 벙커 사람들은 다른 벙커 사람들을 의심했다.

"내가 밤중에 바깥에 나왔다가 어떤 여자분이 우리 벙커 옆에다 인분을 쏟아 버리고 가는 걸 봤다니까요. 키 큰 저분, 카메라 들고 있는 저분 같아요. 저기요, 너무한 거 아닙니까?"

얼굴이 붉은 곱슬머리 남자가 정수를 노려보았다. 정수가 반발했다.

"우리 벙커 사람이라고 어떻게 확신하나요? X벙커 사람들은 이미 분뇨 처리 방법을 다 알고, 교육도 받았고, 제대로 처리를 하고 있거든요. 우린 그런 사람들이 아니에요."

사람들이 술렁거렸다. 누군가가 나를 지목할지도 몰랐

다. 벙커가 비좁고 답답해 순간 뛰쳐나가고 싶어졌다.

"그런 사람들이라뇨? 그게 무슨 뜻이죠?"

정수가 다시 항의하려고 할 때, 대장이 플라스틱 양동이를 들고 천천히 일어섰다.

"자자, 다들 진정하셨으면 좋겠습니다. 말다툼으로 해결될 일은 아니지 않습니까. 인분을 처리하는 방법을 보여드리죠. 여기 오물이 있다고 가정하겠습니다. 이 오물에 석회가루와 흙을 뿌리시면 일단 냄새가 줄어듭니다. 오물을 아무 처리도 하지 않고 벙커 바깥으로 던지시거나 하면 안 됩니다. 반드시 바깥으로 들고 나가서 땅을 파야 해요. 이때 반드시 팔꿈치 정도의 깊이까지는 파야 합니다. 모두들 짐작하시겠지만 어느 정도 깊이는 되어야 안전하게 묻을 수 있어요. 먼저 인분을 흘려넣고 위에 석회가루와 흙을 뿌리시면 됩니다. 그렇게 하고 난 뒤에는 반드시 손을 씻으시고, 오물을 담은 양동이는 쥐가 갉아 먹지 않도록 잘 두셔야 합니다. 쥐는 양동이도 너끈히 갉아 먹으니까요."

"누가 벙커에서 이렇게 오래 살게 될 줄 알았나요? 그냥 잠깐만 있다가 집으로 돌아갈 줄 알았죠."

"벙커 안에 제대로 된 배변 시설을 만드는 게 낫지 않을까요? 여기서 오래 살게 될지도 모르잖아요. 아예 화장실과 공동 샤워 시설을 만드는 것도 생각해봐야 하지 않을까요? 지금 샤워 시설만 해도 수도꼭지는 고장 나고 바닥은 다 꺼져버려서 보수가 급해요."

다른 벙커에서 온, 머리에 에스키모인 같은 털모자를 쓴 여자가 말했다.

"여성 전용 화장실도 있으면 좋겠어요."

털모자를 쓴 여자가 계속 이어서 말했다.

"남자들과 화장실 같이 쓰는 거 끔찍해요."

"보수라뇨, 지금 어떻게 보수를 합니까. 그리고 어떻게 여성 전용을, 꿈이 너무 크네요."

다른 벙커에서 온 남자가 황당한 표정을 지었다.

"애초에 장기간 살 수 있는 곳으로 만든 시설이 아니니까 그렇게 하기는 어려울 겁니다. 일단 환기가 어려우니까요."

대장은 말한 사람들을 번갈아 쳐다보며 설명했다. 그가 말을 이어갔다.

"혹시 여러분 중에 보신 적 있는지 모르겠는데, 경찰이 시위 현장에서 사용하는 커다란 트럭이 있는데 화장실이 두칸 있는 트럭이죠. 그런 걸 벙커 바깥에 영구적으로 세워둔다면 모를까 해결하기 어려운 문제라고밖에는 말씀 드릴 수가 없어요. 예를 들어 말씀드리자면 그렇다구요. 자 여러분, 우리 모두 모였으니까 베이킹소다로 입이나 소독하고 헤어질까요?"

대장은 사람들의 손끝에 베이킹소다로 만든 수제 치약을 아주 조금씩 올려놓아주었다. 우리는 그것을 받아 사이 좋게 이를 닦았다. 그러고는 순서대로 대장이 컵에 담아 주는 물로 입을 헹궜다. 이를 닦고 나자 입속이 개운해지고 뭔가 희망적인 기운에 휩싸였다. 그가 한마디 더 했다.

"여러분은 그 무엇보다 물을 아껴야 합니다. 저는 대피해 있을 때 항상 지붕에서 흘러내리는 빗물을 받았어요.

한동안 비가 내리지 않을 때는 물을 찾아다니기도 해요. 하지만 깨끗한 물은 찾기가 어려워요. 찾아도 오염되어 있기 십상이죠. 여러분 눈에 보이는 겉으로 드러난 모든 물은 오염이 심해서 먹을 수 없습니다. 이 물은 염소로 소독한 물입니다. 물은 항상 아껴야 해요. 조금이라도 아끼셔야 합니다."

같이 모여 얼굴을 보고 얘기를 한 게 좋았던 걸까. 사람들은 옆에 앉은 사람과 조금씩 말을 트기 시작했다. 비닐에 꼭꼭 싸맨 작은 과자를 같이 나눠 먹고 구운 소금도 나눠 먹었다. 조금씩 긍정적인 분위기가 퍼지는 느낌이 들었다. 모두 외로웠던 걸까. 다들 자기 벙커로 돌아갈 생각을 안 했다.

"우리가 이렇게 모이기도 어려운데, 이럴 때 같이 얘기나 좀 나누면 어떨까요? 어차피 해봐야 또 지진 얘기겠지만요."

최기자였다. 나만의 편견일까. 축축하고 음습한 벙커에 있어도 그는 늘 멋졌다. 모두들 각자의 책상에 코를 박고 일하던 신문사에서도 그는 늘 예민하게 다른 사람을 살피는 정의로운 사람이었다. 그의 말에 대장도 동의의 뜻으로 고개를 끄덕였다. 그때 정수가 박수를 치며 앞으로 나왔다. 그녀의 목에 걸린 카메라가 순간 좌우로 격하게 흔들렸다.

"제가 외국에서도 국내에서도 재해 현장 취재 경험이 많은 사람인데요. 한가지 제안을 해보고 싶어요. 지금부터 지진 경험 이야기하기 대회 같은 걸 해보면 어떨까요. 지진이 났던 날 어디서 뭘 하고 있었는지, 왜 여기에 남았는지, 좀 솔직한 얘기를 해보면 재미있을 것 같아요. 여러분이 괜찮다고 허락하시면 제가 말씀하시는 장면을 촬영할게요. 혹시 경품을 내놓으실 분이 있을까요? 1등을 뽑죠, 우리 1등을 뽑아요."

정수는 뭔가 재미있는 일을 꾸미는 개구쟁이 표정으로 변했다. 정수가 대피소 앞쪽 구석에 놓인, 초등학생들이나 앉는 책상을 끌어다 내놓았다. 모두들 황당한 얼굴이었지만, 이야기를 지어내느라 머리를 굴리는 표정이 역력했다. 최기자가 자리에서 일어나 먼저 입을 열었다.

"좋은 아이디어 같군요. 간단하게라도 자기소개를 하면서 얘기를 시작해보죠. 우리가 사실 서로 얼굴도 잘 모르고, 최근에는 다투는 일도 많았으니까요. 재미있는 일이야 별로 있을 게 없지만 각자 하고 싶은 얘기를 해보면 좋겠네요. 저도 원래는 말이 많은 사람은 아닌데 지진이 난 후에는 잘 모르는, 처음 만나는 사람들과도 얘기를 하고 싶어졌어요. 그럼 제가 먼저 잠깐 얘기를 해도 될까요?"

작은 책상에 몸을 억지로 집어넣어 앉는 최기자가 귀여워 보였다.

"왜 그런지 지금 잠깐 저희 어머니 얘기를 하고 싶어요. 제가 먼저 얘기하는 걸 용서해주셨으면 합니다. 오늘따라 어머니 생각이 많이 나서요. 우리 어머니는 아버지와는 다른 지역 출신인데 10대 때부터 섬유공장에서 일했습니다. 그때는 여자들이 다 메리야스공장이나 모직공장 같은 데 다녔죠. 엄마가 제일 싫어했던 것은 1일 2교대와 연탄가스중독이었어요. 하루 열두시간씩 일하느라 어떤 때는 직조기에 머리를 얹고 졸거나 가만히 앉아 있는데도 빨간색 코피가 똑똑 떨어졌다고 해요. 1년에 이틀 정도만 공장이 문을 닫았고 한달에 두번, 이틀만 쉬었답니다. 상상이 가시나요? 사람이 한달 내내 일하고 겨우 이틀만 쉬다니요.

공장에서 하루 두끼를 먹었는데 반찬이 늘 똑같았대요. 된장과 김치. 맛있는 음식을 먹을 때마다 어머니는 항상 그때 얘기를 했습니다. 어머니의 어머니인 할머니는, 딸이 돈을 보내주지 않을까봐 딸이 집에 오는 것도 안 좋아했다고 했어요. 같은 여자끼리인데 좀 잔인하죠.

벚꽃이 유난히 많이 핀 어느 봄날이었답니다. 작은 기숙사 방에서 대여섯명이 허리를 잔뜩 구부리고 자고 있었대요. 한기가 느껴지는 새벽녘에 어머니는 머리를 제대로 들지도 못하고 방바닥을 기어 다니다 병원으로 실려 갔는데, 그 방에서 같이 자던 어머니의 친구 중 세명은 죽고, 어머니와 다른 한분만 운 좋게 살아남았어요. 연탄가스중독이었습니다. 어머니는 친구들의 죽음도 죽음이지만, 병원에 있는 동안은 실컷 잠을 잘 수 있어서 좋았다고 회상하더군요. 회사에서는 연탄가스중독으로 죽은 세 여공의 장례식도 치러주지 않고 시신을 각자의 고향으로 보내버렸대요. 사고가 난 방바닥에 시멘트를 한번 더 덧바른 뒤 다른 신입 여공들을 그 방에서 자게 했답니다. 그러니까 모든 신입 여공들은 그 방에서 또 죽어도 괜찮다는 거였겠죠. 큰 모직공장의 기숙사에서 지내는 여공들의 경우는 기숙사 출입이 자유롭지 못했다고 합니다. 잠을 자는 시간에도 이탈을 막기 위해, 대문에 커다란 자물쇠를 달아놓은 거죠. 공장 가동을 멈추지 않기 위해서 공장주들이 했던 악랄한 방법이 아니었을까요. 저희 어머니는 그때부터 매일 밤 죽은 동료가 나타나, 자고 있는 여공들을 내려다보는 불쌍한 얼굴을 봤답니다. 미안하다고 제발 가라고 해도 가지 않고 슬픈 얼굴로 여공들을 내려다봤대요.

어쨌든 저희 어머니는 운 좋게도 스물세살에 같은 공장에서 일하던 관리직 남자에게 러브콜을 받았습니다. 저희 아버지는 고졸 직원이었는데 메리야스 원단을 짜는 생산

라인 감시를 하다가 머리통이 동그랗고 어깨가 예쁜 여공을 발견했어요. 어느 날 재봉틀에 실을 감아넣은 쇠로 만든 북통이 날아와서 어머니 눈을 쳤는데, 다행히 눈알이 빠지지는 않았지만 얼굴이 없어진 줄 알았답니다. 북에 맞아서 눈알이 빠진 사람도 있었거든요. 놀란 니 아버지가 글쎄 사람들 다 보는데 내 양쪽 뺨을 잡고 이리저리 돌려 보는 거야. 어머니가 말씀하셨어요: 제가 나중에 아버지에게 물어봤지만, 정말 머리통이 예쁜 거 말고는 어머니에 대해 아무것도 아는 게 없었다고 했어요. 우리 어머니는 이 나라가 미친 듯이 가발을 만들고 옷을 만들어 수출할 때, 그냥 착하고 힘없고 할 줄 아는 일이 별로 없는, 시키는 일은 시키는 대로 다 하는 모직공장의 여공이었습니다. 안타깝게도 어머니는 지진이 나고 실종되었습니다. 제 얘기를 너무 많이 했나요. 여기, 우리 어머니 사진입니다. 이분을 보시게 되면 여기서 저를 만났다고 말해주세요. 제가 꼭 어머니를 찾겠다고요. 어머니를 꼭 찾고 싶습니다."

최기자의 목소리는 너무 좋았다. 나는 두 손을 깍지 낀 채 왠지 모를 감동에 빠져 있었다. 그리고 그의 얘기에 별 다섯개 중 네개를 주었다. 그때 한 남자가 일어섰다. 그는 책상 위에 아무렇게나 걸터앉았는데 조금은 불량기가 있어 보였다.

"미치겠네. 뭐라고? 이름, 내 이름 말하라고 했나? 이름은 알아 뭐 해요. 여기 있으믄 다 똑같은 이재민이지. 이제 말해도 되나? 나는 그날 화물 운반대를 목 빠져라 쳐다보고 있었수. 300킬로그램도 넘는 묵직한 포대가 바로 내 머리 위 허공을 날아다녔거든. 포대에 깔려 죽은 인간도 있다는 걸 이번 기회에 말해야겠네. 난 평생 험한 일만 했어요. 이거 뭐 자기소개 같은 건가. 난 사실 사람을 찾고 있어요. 어차피 지금은 아무 말이나 다 해도 되는 거니까. 시간은 많고 특별하게 할 일도 없잖아요. 내가 이 얘기를 안 하면 심장이 터져 뒈질 거 같아서 나왔수. 내가 이년을 어디서 만났냐 하면, 아 죄송합니다, 욕을 해서. 욕은 안 하겠어요. 함부로 욕하는 건 안 되죠. 하여간 내가 무식하고 복이 없는 놈이라 그랬겠지만, 여자 복이 지지리도 없는 거지. 어떻게 된 게 여자들이 살다가 나중에는 다 도망가 버렸수. 처음엔 내가 장미도 100송이씩 사주고 그러니까 좋아하더니 나중엔 다 비전이 없다면서 가버렸어. 아니 요새 세상에 비전 있는 인간이 있기는 하대요? 게다가 폭력적이라나. 그냥 숨만 쉬었는데도 폭력적이라는 거야. 누가 한번 대답 좀 해봐요. 아, 한가지 특이한 건 외국 사람이었수. 동남아에서 왔다는데 그놈의 나라 이름은 백번을 들어도 기억을 못해요. 조용하고 말이 없었어. 그 사람 이름은 사티아예요. 꼭 좀 찾아줘요. 아무래도 어디 시멘트 더미에 깔려 죽은 것 같수. 아무리 찾아도 보이질 않아요. 시신이라도 봤으면 좋겠수."

남자는 말이 끝나자마자 다시 가래침을 뱉으려고 상체에 힘을 모아 캭, 소리를 냈다. 그것 때문에 남자에게는 별 한개를 줄 수밖에 없었다. 지진이 끝나고 평화로워지면 길에 침 뱉지 않기 운동을 해보고 싶다. 어쨌든 사티아라는 이름은 잊어버리지 않게 잘 적어두었다. 다른 사람들도 그의 말에 호응을 안 하고 분위기가 냉랭했다. 남자는 온몸을 감싸는 화려한 색감의 얇은 실크 옷을 입은 동남아 여자 사진을 들어 보여주었다. 나는 사티아가 더 멀리, 다른 나라로 도망가기를 바랐다. 사티아, 제발 행복하세요!

그사이 정수가 다시 나왔다. 정수가 얘기하는 동안 영상은 동식이 대신 찍었다.

"안녕하세요. 여러분은 제가 만든 영상을 뉴스에서 보셨을지도 몰라요. 안 볼 수가 없을 정도로 많이 찍었으니까요. 저는 재해 현장 전문이에요. 기사를 쓰고 또 쓰고 영상을 찍고 또 찍어요. 수많은 사람이 재해 현장에서 죽었어요. 저는 위험한 재해 현장에 가서 영상을 찍어 보내고 방송국에서 돈을 받아요. 남의 불행을 팔아 돈을 벌죠. 위험한 곳에 있을 때는 늘 집에 가고 싶다는 생각을 해요. 집에 가면 첫날 하루 정도는 좋아요. 집청소도 하고 친구에게 맡긴 고양이도 찾으러 가고 옷장에 걸린 철 지난 옷도 정리하고, 남들이 사는 것처럼, 대도시 여자답게 살아보려고 애써요. 하지만 잠을 자다가, 텔레비전을 보다가 아주 좁은 틈 사이로 슬픔이 비집고 올라오는 걸 느낍니다.

그러면 바깥으로 나가요. 대형 마트나 지하철역 같은 데로 가죠. 그런 데 가게 되면 또 허둥거리고 안정을 찾지 못하는 저 자신을 발견합니다. 지하철이 정시에 도착하고 모든 규율이 지켜지고, 깨끗한 음식 재료가 가득 찬 마트의 진열대에서 쏟아져 나오는 흰 성에를 목으로 삼키죠. 그런데 이내 먼지와 쓰레기, 불투명한 하늘과 상처 입은 사람들로 가득 찬 재해 현장이 그리워집니다. 진한 흙냄새, 온통 뿌연 시야, 부서진 자동차, 가족과 반려동물을 잃고 망연자실한 사람들, 흙색 빛깔의 강물이 바로 눈앞으로 지나가죠. 눈을 떠도 눈을 감아도, 언제나 지나갑니다. 잠자리가 불편해지죠. 재해 현장이 자주 떠밀려와요. 몸은 집에 있지만 정착하지 못하고 불안해합니다. 그러니까 여기 온 건, 이런 데 와 있는 게 심리적으로 편하기 때문이에요. 욕심도 없어지고 더이상 화도 내지 않아요. 무엇보다 저 자신의 고통을 잊게 됩니다. 아시잖아요. 누구나 자신의 아픈 얘기는 자진해서 꺼내고 싶어하지 않으니까요. 여기 계신 힘든 분들이 제 얘기를 대신 해주는 것 같거든요. 안전한 전기, 따뜻한 난방, 두툼한 옷들, 그리고 풍성한 음식들이 저는 싫습니다. 늘 재해 현장에 떠돌던 매캐한 냄새가 그립고 제 신발 밑창에 붙어 떨어지지 않는 핏자국이 좋아요. 쓰레기더미에 파묻혀 지내는 시간이 그리워요. 그래서 저는 여기 부림지구에 있어요. 재해 현장에 있는 것이 훨씬 마음 편합니다."

정수는 아주 빠르게 말했다. 하지만 사람들의 반응은 차가웠다. 사람들은 지진이 난 후 뉴스를 전혀 신뢰하지 않았다. 나도 정수는 믿을 수 있지만 뉴스는 믿고 싶지 않았다. 그래도 정수의 이야기는 솔직하면서도 뭔가 특별했다. 그래서 별 다섯개를 주었다.

그때 당돌해 보이는 한 여자애가 앞으로 걸어 나왔다. 부림지구에서 전혀 본 적이 없는 얼굴이었다. 열아홉살 정도, 많아야 스무살 정도로 보였다. 여자애의 오른쪽 발등과 발목 부분이 두툼한 붕대로 꽁꽁 싸매져 있었다. 발가락을 감싼 붕대 위에 퍼진 피는 감추려고 해도 감출 수가 없었다. 여자애의 얼굴은 흰토끼처럼 귀여웠지만 다리를 보면 단번에 눈을 감아버릴 만큼 공포감이 몰려왔다.
여자애가 무슨 얘기를 할까 엄청 궁금해졌다.

"그날 저는 부림타운의 남쪽 상가에서 일하고 있었는
데요, 제가 얘기하다가 혹시 정신없이 몸을 떨거나 해도
놀라지 마세요. 사실 지금 제 발이 썩어가고 있어요. 배고
픈 개한테 물렸거든요. 그리고 저는 좀 아파요. 어릴 때부
터 원래 좀 아팠어요. 그래서 엄마는 절 별로 안 좋아했어
요. 친구들과 놀다가도 아픈 나 때문에 신경이 쓰이고, 학
교에서 전화가 올까봐 맘대로 놀지도 못한다면서 화를 냈
죠. 맨날 기도했어요. 어느 날, 날 낳아준 친엄마가 돈다
발이 든 가방을 들고, 대문에서부터 마당까지 지저분하게
늘어놓은 자주색 빨래통과 검은 고무 화분, 찌그러진 생
수통을 발로 차며 집 안으로 걸어 들어오길요. 그리고 그
분이 저희 엄마한테 말하는 거죠. 지금까지 제 애를 잘 키
워주셔서 감사합니다. 봉투 같은 걸 눈앞에서 흔들면서,
이 돈 받으시고, 당장 아이를 데려갈게요. 다시는 아이를
볼 생각 마시고요. 골목 끝에는 납작한 노란색 외제 자동

차가 서 있으면 좋겠어요.

우리집 식구들은 다 구렸어요. 얼마나 구렸냐 하면 엄마가 맨날 식당으로, 남의 집으로 일하러 다녔어요. 엄마가 저와 동생에게 책 살 돈을 주고 아버지에게 차비도 주고는 휴, 하고 한숨을 쉬며 지갑을 뒤집어 보였어요. 엄마는 현대인답지 않게 머리를 뒤로 모아 꼭 묶고, 옷도 검은색만 입어 무속인이나 종교인 계통의 직업을 연상시켰어요. 평생 누군가의 장례를 치르는 사람 같았죠. 다른 애들이 다 햄버거 사 먹고 배스킨라빈스 서른한가지 맛 아이스크림 사 먹을 때, 난 구리게 대형 마트 시식 코너 배회하면서 만두 집어 먹고 소시지 집어 먹고 그랬어요. 우리 아버지가 뭘 했냐 하면, 공사판에서 일하는, 그걸 뭐라고 말했더라, 시멘트도 바르고 하는 거, 아 생각났어요 데모도!

아버지는 일자리를 구하려고 매일매일 인력시장에 나갔고, 일을 구하지 못하는 날에는 교회나 기차역 무료급식소에 들러 밥을 얻어먹고 집으로 왔어요. 다른 건 다 괜찮았어요. 정말 참을 수 없는 건 식구들이 한방에 모여 있을 때 서로의 등을 쳐다보고 있어야 한다는 사실이었죠. 그런데 그런 일들을, 그러니까 그게 그리 중요한 일도 아니지만 지금, 그러니까 제가 그날 뭘 했나 그걸 말해야 하는 거죠. 아 진짜, 죄송해요.

저는 부림타운의 무도장 안내도우미였어요. 유니폼이 너무 작아서 안에 전신 거들을 입고 있었는데, 숨이 쉬어지지가 않아 몸이 터져 죽을 뻔했어요. 무도장에서는 술을 팔았어요. 부림타운에 오는 돈 많은 사람들은 대부분 거기서 술을 마셨는데 그 사람들처럼 저도 언젠가는 돈을 많이 벌고 싶어요. 모깃소리만하게, 야 술 가져와, 하고 말해도 애들이 무릎을 꿇고 술을 갖다 바치는 그런 인생을 살고 싶었다니까요. 숨 한번 쉬고 돈을 휙휙 던지고, 술 한잔 마시고 돈을 팍팍 쓰는 사람들을 보면 왠지 속이 시원했어요. 하지만 다들 아시는 것처럼 무도장에는 사람들의 발길이 뜸했죠. 주변의 옷 가게들도 다 없어졌거든요. 새 옷이라고 매장에 걸어둔 것들이 다 구제시장에서 가져온 것처럼 주름과 얼룩 천지고, 그나마 매장이 많이 있을 땐 괜찮았지만 매장이 점점 빠지면서 공터가 됐어요. 사람들이 별로 없는 백화점의 빈 매장을 한번 생각해보세요. 비어 있는 층은 무서웠어요. 어느 날 배불뚝이 사장님께서 갑자기 무도장을 고스트 하우스라고 이름을 바꾸고는 매주 한번씩 그곳에서 파티를 열기 시작하면서, 돈 많은 대도시 사람들이 차를 타고 놀러 왔어요. 중국 사람, 러시아 사람, 이스라엘 사람도 왔죠. 제 유니폼 등에 뭐라고 적혀 있는 줄 아세요. 부림타운 최고의 명소. 웰컴 토종 부림지옥. 우리 종업원들은 시간이 날 때마다 부림타운 배경사진 전체에 해골을 새겨넣은 검은색 광고지를 아무 데나 덕지덕지 붙이고 다녔어요.

엘리베이터도 없는 5층 건물은 담쟁이넝쿨이 벽지처럼 붙어 있었는데요. 우리 사장님은 늘 이상한 사람들을 많이 데려왔어요. 한쪽 팔이 없거나 왜소증인 사람, 엉덩이가 엄청 큰 여자도 데려왔어요. 인상적인 사람은 아령을 하도 많이 해서 어깨가 커져버린 어떤 남자였어요. 건물 현관 앞에 늘 웃는 남자 쌍둥이를 데려다놓는가 하면, 쳇

독이 잔뜩 올라도 얼굴 가득한 피어싱을 절대 빼지 않는 십대도 있었죠.

사장이 데려온 사람들을 보면 왠지 마음이 느긋해졌어요. 다들 조금씩 이상한데 저도 좀 이상하니까요. 보고 있으면 괜히 웃음이 났어요. 영업이 끝나고 나면 다 같이 그날 온 이상한 손님에 대한 얘기를 하곤 했어요. 그럴 때마다 입이 찢어질 것처럼 웃음이 났고, 그 사람들과 얘기하는 게 좋았어요. 우리 사장님은 그들을 만날 때마다 뽀뽀도 해주고 어깨를 안아줬죠.

지하 1층, 지상 4층의 건물이 전에 큰 홍수에 쓸린 적이 있었죠. 2층까지 물이 다 들어찼어요. 벽마다 모서리 안쪽까지 물이 들어찼던 곳에는 줄무늬 표시가 남았죠. 뭘 가지러 들어가면 목 끝까지 물이 차는 것 같아 엄청 무서웠어요. 왜 그렇게 말끝마다 사장님, 사장님 하냐고요. 그럴 수밖에 없어요. 저는 주중에 두개, 주말에 한개, 총 세개의 알바를 했어요. 거지 같은 부림타운에 사는데도 돈이 너무 많이 들어, 집세를 내고 하루 두끼를 먹고 나면 좋아하는 가수들 시디를 한두장 사고, 영화를 한편 보면 끝이었어요. 저축이라든가 미래를 위한 투자 그런 말들은 다 멀고도 먼 얘기였죠. 왜요? 제가 덩치가 좀 있다고 해서 뭔가 맛있고 비싼 걸 먹었을 거라고 생각하시나보죠. 그렇게 보이는 건 다 어깨에 두르고 있는 미국 국기 때문이에요. 이건 장식이고요, 겨우 국수만 먹었답니다. 날이 더울 땐 비빔국수, 날이 추울 땐 멸치국수, 정 허기가 질 땐 만두 같은 걸 더 시켜 먹긴 했죠. 이 치료할 돈도 없고 프티부르주아 주사라는 자궁경부암 주사는 맞을 생각도 못했어요. 이는 안 되면 틀니를 하고 자궁은 떼어버리고 살면 된다고 저희 엄마가 충고했죠. 독감에 걸리면 매운 김칫국물을 마시라고도 했어요. 이게 21세기에 하는 대화였어요.

어쨌든 사장님은 우리에게 월급을 줬어요. 월급을 받는다는 건 대단한 일이잖아요. 그에 비해 사실 우리가 하는 일은 장난 같은, 별거 아닌 일이었어요. 손님이 오면 손님을 모시고 2층 연회장으로 가기 전에 5층부터 들러요. 5층에 꾸며진 실내수족관과 원숭이 몇마리와 커다란 쥐를 가둔 동물 존에 데려갔다가 2층까지 데리고 내려오는 역할을 했어요. 손님들은 측은한 눈길의 원숭이와 살이 쪄 거의 뒤뚱거리는 쥐를 보며 되게 좋아했어요. 손님들이 다 들어가면 그때부터 우리는 역할을 바꿔 앞치마를 입고 주방으로 가 음식을 만들었어요. 사장님이 옛날에 여행 갔을 때, 어디, 무슨 동양 최대의 환락가라는 곳에서 감명을 받은 실내디자인을 본떠 연회장을 만들었거든요. 연회장은 사실 되게 더럽고, 읽지도 못할 책 세트와 온갖 인형과 쓰레기 들이 가득 찬 지저분한 홀이었어요. 더 지저분하게 보이기 위해 우리는 일하다가도 한번씩 가서 인공연기를 뿌리고 얼른 주방으로 퇴장했어요. 그리고 주방 문을 열고 나와 건물 뒤편 골목에 일렬로 쭈그리고 앉아 줄담배를 피웠죠.

이 송아지고기 정말 맛있어요. 손님들이 두 눈을 동그랗게 뜨고 말했지만 우린 사실 그게 송아지고기인지 비둘기고기인지, 아무것도 알지 못했어요. 고기가 포장된 자루에는 종류도, 원산지도, 아무런 정보나 주의사항도 적혀 있지 않았죠. 우리 사장님 말이 식량이 부족한 건 전 세계 어디나 다 비슷한 현상이라고 했어요. 저는 그 말을 믿을 수가 없었어요. 그날 손님은 모두 여덟명이었는데 비교적 얌전하게 놀았어요. 제가 잠깐 자리를 비우고 길 아래로 내려가 지나가는 사람들을 구경해도 괜찮을 만큼이요.

그런데 손님 여덟명이 저한테 뭘 하라고 시켰는지 아시나요? 돈이 많은 사람들은 아주 간단하게 웰컴 토종 지옥 따위에서 일하는 저 같은 애들 인격쯤은 무시해버립니다. 야 등발, 너 땅 짚고 가랑이 사이로 머리 넣어봐. 그러고 나서 뒤집힌 우리가 어떤 꼴인지 말해봐. 우린 그사이에 니 엉덩이를 보고 있을게. 그렇게 말했죠. 어쨌든 나는 그 서커스 같은 짓을 하고 난 뒤 밖으로 나와 담배를 피우고 있었어요. 토할 것 같은 기분이 드는 건 어쩔 수 없잖아요. 좀처럼 그런 기분에서 벗어나기 어려울 때가 있어요. 그날은 좀더 심했고요. 건물 뒤로 돌아가 벽에 기대서서 피플스백화점의 역사적인 담벼락에 기대선 채 눈을 감았다 떴습니다. 그때 해가 지는 저쪽 길모퉁이를 막 걸어 나가는, 핑크색 체크무늬 셔츠를 입은, 사랑스러운 제 친구가 나타난 거예요. 세상이 끝나는 날이 되어서야 오래전에 연락이 끊긴 친구 얼굴을 한번 보다니! 너무 잔인하지 않나요? 저는 겨우 횡단보도까지밖에 달려가지 못했어요. 횡단보도를 건너서, 아까 저보다 먼저 말씀하신 분이 다녔다는 그 신문사요. 그 신문사 건물을 지나 지저분한 지라시가 잔뜩 붙은 맥줏집을 지나, 캐러멜과 껌을 파는 노점상, 그리고 치킨집 하나만 지나면 되는데, 벌써 그녀는 모퉁이 횡단보도를 지나 저한테서 많이 멀어져버렸습니다. 요조숙녀처럼, 단정한 무릎길이의 치마를 입고 걷고 있었어요. 심장이 약한 사람인데 판막과 혈소판에 문제가 있어 온몸이 멍투성이였어요. 그애는 저의 직장 동료였습니다. 저는 거기서 채 3개월도 되기 전에 쫓겨났지만요.

재밌는 얘기 해드릴까요? 그애는 타이핑을 하고 커피를 타다가 화가 나면 커피와 녹차에 침을 뱉었어요. 저희한테 서류를 집어던지고 반말을 하던 그 아저씨들, 커피 맛 좋았겠죠. 횡단보도를 건너다가 뒤를 돌아봤어요. 두드득거리며 땅이 흔들렸어요. 백화점이 장난감처럼 두들두들 떨렸거든요. 저는 바닥을 내려다봤는데 땅이 아주 꺼질지도 모른다는 생각이 들었어요. 그녀는 아주 천천히, 두 다리로, 온 정성을 다해 무너지기 직전의 땅을 디디면서 걸어 나갔어요. 야, 나야 나. 나라구. 저는 소리쳤어요. 멍청하게도 모르더라구요. 타닥, 타닥, 탁탁, 그 타자기 소리가 들리는 것 같았어요. 필리핀은 스펠이 어려워. p h i 그리고 l이 한번인데 꼭 두번을 친단 말이야! 아, 짜증 나. 그애가 하던 말을 떠올린 순간 아스팔트가 갈라지기 시작했어요. 아, 짜증 나 하면서 새끼손가락을 넣어 코를 후비던 모습이 얼마나 예뻤던지. 무서웠어요. 제가 그 순간 어떻게 했는지 아세요? 미국 영화에 나오는 뚱뚱하고 키 큰 형사처럼 전속력으로 아스팔트를 달렸어요. 마구 달렸는데 도미노처럼 저쪽과 이쪽에서 작은 건물들이 풀썩풀썩 주저앉고 장난이 아니었어요. 순간 무도장 건물에 있는 찌질한 제 동료들 생각이 났죠. 다 찌질한 사람들이지만 죽게 놔두고 싶지는 않았어요. 그 상태로 죽으면 더 비참

하니까. 몸이 작아 시체도 못 찾을지도 모르잖아요. 가랑이가 찢어질 것처럼 뛰었어요. 제가 대로로 나갔을 때 이미 건물들이 뒤집어지고 있었어요. 건물 전체가 손으로 살짝 민 것처럼 통째로 뒤쪽으로 자빠져 있고 바닥은 충격으로 인해 함몰되어 있었어요. 저는 무너진 건물 주위를 뱅글뱅글 돌았어요. 돌다가 여자 옷 입기 좋아하는 한 오빠의 다리 한짝이 무너진 시멘트 틈에 끼어 있는 걸 봤어요. 너무 꽉 끼어 있어서 뭘 어떻게 해도 옴짝달싹도 하지 않았어요. 분명 오빠와 난쟁이 아저씨는 함께 있었을 텐데, 오빠의 찢어진 스타킹을 보면서 그냥 울기만 했어요. 나중에 오빠의 스타킹을 찾으러 갔지만 찾지 못했어요. 무너진 건물 밑에 파묻힌 거죠. 모두 다 착한 사람들이거든요.

나중에 돌아다니다가 사장님을 다시 만났어요. 정말 영웅이 살아 돌아온 것처럼 반가웠죠. 무슨 신기한 재주가 있는 걸까요. 사장님은 저한테 말했어요. 야 뚱땡아, 뜨거운 물에 찬물 반 타서 미지근한 물 한잔 만들어 와. 나 약 먹게. 지진 땜에 오른 혈압이 떨어지질 않는다. 저는 그런 식으로 말하는 사람이 좋아요. 그런 식으로 말하면 세상이 괜찮은 것처럼 느껴지잖아요.

얘기는 여기까지예요. 여러분, 아까 말한 무릎길이의 치마 입은 제 친구 보신 분 있나요? 혹시 그애에 관한 나쁜 소식을 알고 계시다면 말하지 마세요. 너무 보고 싶어서 죽을 것 같아요. 제가 그애를 따라가지 않은 건 그애가 죽는 걸 보고 싶지 않았기 때문인데. 아, 저는 부림타운 무도장 직원 장미라입니다. 모두 행복하세요. 제 얘기 들어주셔서 감사해요."

최기자가 앞으로 나와 모임을 마감했다. 다음에 다시 모이게 되면 또 지진 경험 이야기하기 대회를 열자고 했다. 사람들이 박수를 쳤다. 나도 다음에는 수진이를 찾고 있다는 걸 말하고 싶었다. 무도장 직원 장미라의 말을 듣고 있으려니 저절로 내 입술이 달싹거렸다. 나도 말할 수 있을 것 같은 기분이 들었다. 하지만 사람들 있는 데서는 할 수 없었다. 자꾸만 입술이 달싹거렸다. 누군가가 내 얘기를 들어주기는 할까. 끝까지 들어주는 사람이 있기나 할까. 장미라는 무조건 별 다섯개였다. 장미라는 1등 선물로 누군가가 쓰지도 않고 잘 간직하고 있던 레고 세트를 받았다. 사람들이 장미라를 둘러싸고 선물을 구경했다. 순간, 나도 모르게 소금을 조금 집어 입에 넣다가 누군가가 내지르는 고함 소리에 놀라 손가락을 깨물었다.

"장미라, 저 여자애는 사기꾼이야. 맨날 저 얘기를 똑같이 하고 다니면서 경품을 탄다고. 저 사람이 탄 경품으로 벙커 하나를 다 채우고도 남아. 저건 다 지어낸 거짓말이야. 사람들이 다 알아. 저 사람 부림지구에서 몰아내야 해."

사람들이 조심조심 움직여 자기 벙커로 돌아갔다. 또다시 작고 무거운 먼지 입자만 날아다니는 벙커만 남았다. 우리는 수분이라고는 없이 말라버린 빵으로 저녁을 먹었다. 이웃 사람들이 가져다준 해바라기씨, 젤리, 에너지바 등도 모두 다 조금씩 나눠 먹었다. 먹기는 하면서도 표정이 즐겁지 않았다. 모두들 먹으면서도 배변 처리 걱정을 하는 게 틀림없었다. 아무리 잘난 척해봐야 사람은 먹으면 볼일을 봐야 하니까.

벙커 주변의 산언덕 아래 완만한 경사의 틈에서 마구 포개놓은 아이들 시신이 발견됐다. 지진 때문에 부모를 잃은 아이들이었다. 팔에 수십개의 칼로 그은 상처가 남아 있었다. 칩을 넣다가 팔이 잘려나간 사람도 있다는 소문이 사실인 게 확인된 거라며 최초 발견자의 입을 통해 삽시간에 소문이 퍼졌다. 혈관이 터져 죽었다는 소문, 파상풍에 걸려 죽었다는 소문, 온통 끔찍하고 믿기 싫은 소문투성이였다. 아이들에게 단 과자를 잔뜩 먹인 뒤 몸에 칩을 넣는 시술을 했다는 것이다. 칩을 넣는 방식이 그토록 원시적이라는 게 믿기지 않았다. 과다출혈이었을지도 모른다. 하지만 소문만 무성할 뿐, 사실 아무도 어떤 방식으로 몸에 칩을 넣는지 알지 못했다. 벙커 주변에도 벙커 안에도 넘치는 게 칩 이벤트 정보지였다. 나는 그것을 잘게 찢어 입속에 넣고 씹었다. 무섭고 불안해 다시는 읽고 싶지 않았다. 왠지 죽음이 점점 가까이 다가오고 있는 것 같았다. 지진이 났을 때보다 오히려 지금이 더 두려웠다.

"오늘은 변장술을 익히는 시간을 가지면 어떨까요. 저는 재해가 일어났을 때 어떻게 하면 위험에 빠지지 않고 살아남을 수 있는지 꽤 오래 생각하고 준비했어요. 제가 그동안 연습했던 것들을 여러분에게 알려드릴 수 있어서 다행입니다. 아무래도 더 늦기 전에 해야 할 것 같아서. 감기 걸리신 우리 어르신들은 벙커에서 쉬고 계시고요. 이 실습은 실내보다는 바깥에서 해야 하고, 무엇보다 실제로 해보는 게 중요한 일이기도 해서…… 벙커 안에서는 할 수 없고, 위험하지만 바깥에서 해야 합니다. 밖으로 나가는 게 더 위험해지기 전에 실습을 해야 할 것 같습니다."

아까부터 벙커 안쪽의 유독 어두운 곳에 앉아 뭔가에 골몰해 있던 대장이 사람들에게 다가와서 말했다. 얼굴빛은 땅색으로 칙칙하고 힘이라고는 없어 보였다. 대장이 먼저 남자 노인에게 양해를 구했다.

"아뇨, 우리도 배워야죠. 바깥 공기, 따스한 햇살이 미치게 그리워요. 바깥으로 나가고 싶어요, 우리도. 우리도 같이 나갑시다, 여보."

노인 부부가 외출하려면 여러 사람의 도움이 필요했다. 남자 노인이 같이 나가고 싶다는 의사를 표했지만 누구도 부부를 도와주기 위해 나서지 않았다. 그나마 노인 부부에게 친절하던 연구원조차도 전혀 움직이지 않았다. 남자 노인은 두 팔을 벌렸다가 힘없이 내려 차렷자세를 했다. 벙커 사람들 사이에 전과 다른 공기가 감돌고 있었다. 도움을 기다리던 남자 노인은 다소 실망한 듯한 표정으로 말했다.

"알겠습니다. 저희는 안에서 쉬고 있죠. 잘들 다녀오세요. 우리는 다음에 나가도 괜찮습니다."

침낭에 누워 기운 없는 눈으로 남편을 올려다보기만 하던 여자 노인의 얼굴빛은 거의 흑색이었다. 오랜 벙커 생

173

활 탓에 두 사람 다 한층 쇠약해져버린 것이다. 그때 남자 노인이 다리를 후들거리며 내가 있는 쪽으로 왔다. 쓰러질 것 같아 나도 모르게 그에게 손을 내밀었다. 노인은 이내 혼자서 몸을 가누었고 나는 잡았던 손을 놓았다. 노인이 수납장에 한 손을 기대고 몸을 의지한 채 말했다.

"아내가 따뜻한 차를 마시면 좀 괜찮아질 것 같아서요. 돌아오실 때 허브티 같은, 뭐 좀 따뜻한 차를 만들 수 있는 게 있다면 구해다 주세요. 유진씨라면 도와주실 수 있을 것 같네요. 제가 사례는 하겠습니다."

벙커 바깥에서 사람들의 인기척이 들리는 것 같기도 했다. 늘 귀가 예민해져 있어 뭐든 한가지 행동을 하려면 생각하고 판단하는 데 시간이 걸렸다. 그때 벙커문이 열렸다. 대장이 벙커 위쪽 나무줄기에 거의 고정된 것처럼 납작하게 누워 있다가 사인을 보냈다. 대장만이 입술로 낼 수 있는 아주 특이한 새소리가 우리의 안전 신호였다.

모두 초긴장 상태가 되었다. 오늘따라 벙커문을 가리는 일에 더 신중을 기했다. 벙커 바깥은 싸늘한 초가을 날씨였지만 볕은 따뜻했다. 몸을 움직일 때마다 겨드랑이로 목덜미로 따뜻한 가을 기운이 마구 파고들었다. 여름을 버티느라 독해졌던 마음이 한순간에 누그러졌다. 마음이 약해져서는 안 된다고 다짐하고 또 다짐했다.

우리는 벙커에서 약간 벗어나 크레바스처럼 땅이 파인 곳으로 일단 숨었다. 그곳에서 주변이 조용한 것을 확인하고 일어나 허리를 폈다. 대장의 턱과 볼, 이마에 갈색 진흙이 붙어 있었다. 혜나가 손을 뻗어 대장의 얼굴을 만져 보려고 했다.

"이건 뭐예요?"

순간 대장의 얼굴은 인류학자처럼 근엄해졌다.

"인간의 얼굴은 동물의 그것과 가장 크게 차이가 나는 부분이라서 무엇이든 이용해 얼굴의 윤곽을 없애야 해요. 자, 어젯밤에도 다른 벙커에 있는 네 명이 방역복을 입은 사람들에게 잡혀갔어요. 겁이 나서 도망치다가 발을 헛디며 구덩이에 빠져 죽은 사람도 있대요. 이제 우리도 대비를 해야 합니다. 대비를 해야 죽지 않습니다."

햇볕 때문에 순간 대장의 얼굴이 잔뜩 우그러졌다.

"사람들을 바깥으로 끌어내기 위해서 최소한의 식량도 지급하지 않았죠. 죽지 않을 만큼 아주 적은 분량의 식량만 주면서 겨우 그걸 가지고 사람들을 유인하다니."

양근의 말을 듣고 혜나는 작은 손으로 주먹을 꼭 쥐었다.

"오기만 해봐, 다 죽여버릴 테야."

혜나의 말에 나도 모르게 웃었지만 내 심장도 덩달아 쿵쾅거렸다.

"식량이 떨어질 타이밍을 기다렸다가 사람들을 잡으러 돌아다니는 겁니다. 일단은 그게 사람이든 동물이든 피해야 할 곳을 만들어야 합니다. 피신처죠. 뭐든 일차적으로 피하는 것이 중요합니다. 눈에 띄이지 않아야 해요. 일단 벙커에서 나오면 무조건 햇볕 아래에 납작 엎드리세요. 그다음 주변에 뭐가 있는지 돌아보세요. 주변에 나무가 보이나요? 누군가로부터 시선을 끌지 않으려면 자연과 하나가 되어야 합니다. 여러분은 동물의 표적이 될 수도 있고, 드론의 표적이 될 수도 있어요. 자연이 우리를 힘들게도 하지만 결국 자연만이 인간의 보호막이죠. 자연에 의탁하세요. 커다란 나뭇가지를 몸의 앞뒷면에 붙일 방법은 무엇일까요. 몸에 두르고 있는 벨트, 목도리, 신발끈 아무거나 이용해 몸에 묶고 빈곳에 나뭇가지들을 집어넣어 고정시키세요. 몸의 형체를 무너뜨려 자연과 일치되는 방법을 떠올려보세요. 여러분, 이런 위장은 기본적으로 인간의 외양을 흐트러지게 해 인간이 아니라고 발뺌을 하는 것과 비슷합니다."

말도 참 잘하시네. 대장은 두 팔을 벌린 혜나를 세워두고, 버려진 나뭇조각과 수풀 조각을 꽂아 사람이 아닌 것처럼 만드는 중이었다. 나는 중요한 의식을 참관하는 사람처럼 대장의 말 한마디 한마디와 모든 대수롭지 않은 행동에도 완전히 집중했다.

"그러나 지진으로 모든 게 뒤집혔을 때는 나뭇가지 같은 게 충분하지 않잖아요. 그럴 땐 어떻게 해요?"

연구원이 질문했다.

"게다가 위장하는 데 시간이 너무 오래 걸려서 위급할

때는 미처 손을 쓸 수도 없잖아요."

정수가 이마에 주름이 잡히도록 인상을 쓰며 말했다.

"위험에 처했을 땐 누구나 스스로 판단을 해야죠. 사실 재해 상황에서 가장 어려운 점은 무언가를 계속해서 판단하고 결정해야 한다는 사실입니다. 그러니까 정수씨 경우에는 목숨과 카메라 중 뭘 지킬지를 판단하고 선택해야죠. 자, 우리는 대부분 다 도시에 살아요. 빌딩 속에 갇힐 수도 있겠죠. 그게 어디든, 자연에 있든 대도시에 있든 늘 새로운 상황에 대처하고 어떻게 하면 목숨을 지킬 수 있을지를 직관적으로 판단해야 해요. 도시가 더 위험합니다."

대장은 단호한 표정으로 설명을 이어갔다. 그는 구두약처럼 생긴 검정색과 땅색의 크림을 꺼내 자기 얼굴에 먼저 발랐다. 모두들 그걸 얼굴에 바르고 서로의 우스꽝스러운 모습을 쳐다보며 웃었다.

"뭐든, 어디든, 여러분이 시골에 있다면 가장 무서운 상대는 동물이 될 것이고, 도시에 있다면 아마 약탈하려는 사람이 될 겁니다. 일단 뭐든, 어떤 방법을 써서든 동물도 사람도 피하세요. 그리고 사람이 아닌 것처럼 보이기 위해 위장하세요."

"후후, 그런 게 과연 먹힐까요?"

누군가가 또 말했다.

혜나는 대장이 미리 만들어놓은 동물 껍데기를 온몸에 뒤집어쓴 채 가능한 한 동물 비슷한 자세를 흉내 내며 느리게 바닥을 기었다.

"지금 혜나가 아주 잘하고 있네요. 이제 유진씨 차례예요. 앞으로 나오세요."

나는 대신 양근의 등을 밀었다. 사람들 앞에서 바닥을 기는 모습은 보이고 싶지 않았다.

대장은 회색 천을 대각선으로 여러개 잘랐다. 양근의 몸에 동그란 줄 몇개를 묶고 몸 위에 자른 천을 꽂게 했다. 몸의 실루엣이 사라지면서 인간처럼 보이지 않게 되었지만, 머리 부분은 한번에 잘 감춰지지 않았다.

"무엇보다 머리를, 얼굴을 감추는 게 핵심입니다. 몸통은 어쩌면 다른 동물과도 비슷할지 모르지만 얼굴만은 확연히 다른 게 인간이거든요. 자연을 이용하는 방법도 있지만 비교적 쉽게 기성품을 구입하는 방법도 있습니다."

그는 가방에서 동물 모양의 외피 형태를 한 커다란 천을 꺼내 사람들에게 보여주었다.

"메이드 인 차이나, 아니 메이드 인 베트남 제품입니다. 나중에 여유 있을 때 한개씩 구입해두세요."

양근은 손으로 브이 자를 그리며 웃었다.

정수는 왠지 우울해 보였다. 나는 정수에게 다가가 내 어깨로 그녀의 어깨를 살짝 쳤다.

"정수씨, 오늘 얼굴 보기 좋아요."

"정말요? 제 얼굴 썩어가는 거 같지 않나요? 언니는 아직 덜 썩어 보여서 좋아요."

"썩긴요, 우리가 무슨 과일도 아닌데."

"여기서 우린 사실 다 썩어가는 중인데요 뭘."

다음이 그녀의 차례였다. 정수는 갈색 나뭇잎을 엮어 만든 보호 도구를 온몸에 썼다. 여군처럼 모든 게 완벽해 보였다. 그녀는 낙엽더미인 것처럼 위장하고 가만히 엎드렸다.

"뭐든 이용하세요. 나뭇잎이든 쓰레기든, 페인트든 진흙이든 뭐든. 무엇보다 대자연에서 구할 수 있는 것을 이용하는 것이 제일 좋아요. 하지만 때에 따라 플라스틱이든 종이든 뭐든 활용하세요."

대장은 어느 때보다 진지하고 친절했다.

군데군데 누런 흙이 용암덩어리처럼 솟아오른 곳을 피해 다소 편편한 언덕 위를 골랐다. 그러고는 햇볕 아래에 엎드려 있다가 대장의 새소리 구호에 따라 기는 연습을 했다. 사람이 아닌 동물이 된 것 같은 체험은 적당히 스릴을 주고 기분도 좋게 만들었다. 우리는 계속해서 느리게 기는 연습을 했다. 덩치가 큰 동물들을 만나게 될 것을 대비해 조금씩 움직이다가 결정적인 순간이 되면 죽은 것처럼, 사물처럼 움직임을 멈추는 훈련이었다. 변장술 익히기 체험은 뭔가 마음을 느긋하게 만들었다. 잿더미 속에서 살아남는 유일한 방법은 잿더미와 하나가 되는 것밖에는 없다.

벙커로 돌아오는 길이었다. 남자 노인과 여자 노인에

게 줄 차를 구하기 위해 다른 벙커에 들러야 했다. 얼마 전에 내가 도움을 주었던, 손목에 연꽃 모양의 문신이 있던 한 여자가 떠올랐다. 여자는 벌레에 뒤쪽 정강이를 물려 상처가 덧난 상태였다. 곪은 부분이 통통한 꽃술처럼 부풀어 오르고 물집이 잡혀 있었다. 수은 성분이 들어 있어 진정 효과가 있는 쇠비름가루를 갖고 있던 게 떠올랐고, 잘 보관해둔 가루를 그 여자에게 건네주었다. 여자는 뭐든 필요해지면 오라고 했다. 남극에서도 1년은 버틸 자신이 있다며 허세를 부렸다. 얘기가 길어질 수도 있다는 생각을 하니 피곤해져서 헤나를 보내고 싶어졌다. 쓸데없이 확신에 차 있고 말이 많은 사람들은 피하고 싶었다.

벙커 위치를 알려주는 표식을 찾았다. 부엉이 눈 모양을 한 검은색 철제 장식이 붙어 있거나 소뿔 모양 장식이 붙어 있는 것이 벙커가 있는 곳 표시였다. 나는 소뿔 모양의 벙커 문 위에 선 채 여러차례 뛰었다. 문이 열리기까지 한참을 기다렸다. 벙커 출입문은 한참 뒤에야 단호하고 조용히 열렸다.

혜나를 벙커로 내려보내고 난 뒤 계속 바깥에 앉아 있었다. 아직 햇살이 남아 있었고 황사도 그리 심하지 않았다. 조금 있으면 해가 질 시간이었다. 벙커 주변의 산들이 어둠속으로 사라지려고 했다. 산 안쪽은 지진으로 인해 무너졌을까. 부질없는 생각들이 꼬리에 꼬리를 물었다. 갑자기 모든 것이 다 끝나버린 것처럼 아무런 긴장감도 두려움도 들지 않았다. 이대로 여기서 가루가 된다고 해도 저항할 아무런 힘이 없었다.

"아줌마, 제가 차를 구해왔어요. 이걸 구하는 데 얼마나 힘들었는지 아세요? 제가 고생했다는 걸 아줌마가 알아주셨으면 좋겠어요. 어떤 분이 제가 구걸하듯 말하는 걸 듣고는 감동받았다며 이걸 주셨어요. 제 친할머니가 아프다고 거짓말을 했거든요. 그분이 아줌마가 말한 그분인지는 확실하지 않지만요."

혜나의 손바닥에 꼬깃꼬깃 더러워지고 모서리가 다 해진 허브 티백 두개가 놓여 있었다.

"그래 고생했다. 근데 너 얼굴이 왜 그래?"

혜나는 핏기라고는 없는 얼굴에, 코끝엔 땀방울이 맺혀 있었다. 그리고 조금 전과 달리 아주 작아 보였다.

"그냥 오늘 몸이 좀 안 좋은 것 같아요."

"정말? 어디가 안 좋아? 열이 나는 건 아니고? 몸살이니?"

나는 힘없이 걸어가는 혜나의 팔을 뒤에서 잡았고 혜나는 걸음을 멈췄다. 얼굴은 노랬고, 거의 토할 것처럼 보였다.

"아줌마 저는 원래 뇌가 안 좋아요. 그래서 어렸을 때부터 자주 토했어요."

뇌가 안 좋다는 건 정신이 이상하다는 건가, 잠깐 혼란스러웠다. 이마를 만져보려고 하자 혜나가 얼굴을 돌렸다.

"그래요. 그럼 솔직히 말할게요. 사실은 저 아래, 저랑 똑같이 생긴 아이가 있어요. 네살쯤 되는 여자아이예요. 아줌마도 알죠? 제가 엄마를 찾고 있다는 거. 아줌마가 그애를 봐도 당장 나랑 어떤 연관이 있는 애라는 걸 알 수 있을 정도로 똑같아요. 전체적인 분위기가 정말 나랑 닮았어요."

"저 아래서 엄마를 만났다는 거니?"

"아니, 엄마는 없었어요. 그냥 벙커 사람들이 저를 보고, 다시 그애 얼굴을 보고는 둘이 똑같이 닮았다고 말했어요. 물론 알아요. 그애가 나랑 아무런 관련이 없다는 거. 없겠죠, 당연히. 있다면 이상하잖아요."

나는 혜나의 어깨에 손을 얹었고 자연스럽게 우리 벙커 쪽을 향해 걷기 시작했다.

"혜나야, 내 말 좀 들어봐. 너는 지금 사람들이 다 제정신이라고 생각하니? 지진 때문에 다들 머리가 이상해. 그러니까 사람들이 무슨 말을 한다고 해서 그 말 때문에 기분 상할 거 없어. 마음이 흔들릴 땐 눈을 꼭 감고 두 눈 한가운데 힘을 줘. 알았지?"

혜나는 듣는 둥 마는 둥 했다. 내가 했지만 유치한 말이었다.

"혜나야, 힘든 건 뭐든 나한테 말해. 내가 너랑 여기서 제일 친하잖아."

내가 무슨 말을 해도 혜나의 얼굴은 검고 짙은 자주색

으로 굳어져갔다.

"물론요. 정말 저에게 잘해주셨죠. 알아요 저도. 아줌마, 그러니까 이건 아직 확실한 얘기는 아닌데요. 만일 아줌마라면, 아줌마의 엄마가 다른 아이의 엄마가 되어 있다면 말이에요. 그러면 아줌마는 기분이 어떨 것 같아요? 저는 아까 그애를 봤을 때 뭔가 전기가 통하는 느낌을 받았거든요."

혜나가 작은 손수건을 검지에 동그랗게 돌려 말며 진지한 표정으로 내게 물었다. 늘 말끝에 붙이는 그 아줌마라는 표현은 좀 안 해줬으면 싶은데 잘 안 되는 모양이었다. 어쨌든 나는 10대 중반 청소년의 기분을 이해하기 위해 집중해야만 했다.

"글쎄, 난 별로 기분이 나쁠 것 같지는 않아. 오히려 늙으면 내가 부모를 책임져야 하는데, 그러지 않아도 되고 더 좋을 것 같은데. 넌 기분이 나쁘니? 그리고 비슷하게 생긴 사람은 세상에 얼마든지 있을 수 있잖아."

가까이에서 본 혜나의 입술은 하얗게 말랐고 입술 끝이

발갛게 상처가 난 채 갈라져 있었다. 갈래갈래 찢어진 혜나의 마음을 들여다보는 것 같아서 마음이 아팠다.

"그럼요, 나쁘죠. 아줌마, 난 아직 경계에 있는 것 같아요. 그리고 똑같이 생긴 사람을 진짜로 만나는 건 어렵지 않나요?"

"경계라니, 어떤 경계 말이니? 그리고 너, 나한테 왜 아줌마라고 하니? 아줌마라고 하지 마."

"알겠어요. 죄송해요. 그럼 나도 다른 사람들처럼 유진 님이라고 하나요? 경계는 물론 나이를 말하는 거죠. 저는 아직 아이지만 곧 어른이 되겠죠? 어쨌든 이 기분을 어떻게 설명해야 할지 잘 모르겠어요. 뭐랄까, 기분이 아주 나쁘고 가슴이 아파요. 기분이 아주 별로예요."

혜나는 양손으로 손수건 끝을 잡아 찢을 듯 늘이고 있었다. 답답하기는 나도 마찬가지였다.

"그러니까 우리 엄마는 나를 버리고 집을 나갔거든요. 만일 거기 진짜 엄마가 있으면 정말 기분이 더럽겠죠? 엄마를 보게 된다면, 엄마한테 어떤 짓을 할지 나도 잘 몰라요. 가만히 참고 있기는 어려울 것 같아요. 나도 복수해야죠. 하지만 엄마는 없었어요. 생각해보세요. 엄마가 나를 버리고 나가 다른 애를 낳았다면 어떤 기분일지."

"그럼 나랑 그 벙커에 같이 가볼까?"

"아니, 그럴 필요는 없어요. 확실하지도 않고요. 하지만 엄마가 나를 버리고 갔을 때 혼자 깨어 있던 무서운 밤들이 떠올라요. 저는 정말 하루도 편하게 잠을 잘 수가 없었어요. 옆집에 살던 정신 나간 오빠가 밤마다 찾아와 문을 열어달라고 흐느꼈는데, 정말 무서웠어요. 제가 이렇게 살아 있는 것도 기적이라고요. 엄마는 벌을 받아야 해요."

혜나는 흥분했다.

"아직 엄마인지 아닌지도 모르잖아. 엄마를 만나면 그때 가서 얘기해보자."

나는 혜나의 어깨를 툭 치고는 가벼워지자는 뜻으로 살짝 웃었다. 그냥 돌아서려는 순간 혜나가 골똘한 얼굴로 말했다.

"근데 아줌마, 아니 유진님. 제가 좀 생각을 해봤는데요.

이런 문제에 대해서 최기자님한테 얘기를 해보면 어떨까요? 그분이라면 이런 문제에 대해 뭔가 좋은 생각이 있을지도 모르잖아요."

순간 머릿속이 뒤엉키기 시작했다. 뭔가 묘한 기분 속으로 빠져드는 순간이었다.

"그래, 그러자."

대답을 하고는 계속 걸었다. 온몸이 피곤하고 무거웠다. 생리를 하려는지 몸이 부어오르면서 며칠째 가슴 통증이 심했다. 나는 그 사실을 정수에게 토로한 적이 있지만 아직 30대 후반인 그녀는 내 몸 상태를 잘 이해하지 못했다. 생리 안 하면 지저분하지도 않고 더 좋지 않느냐고 말하기까지 했다. 일도 많이 할 수 있을 것 같다며 갱년기가 빨리 왔으면 좋겠다고도 했다. 사실 며칠 전에 은밀하게 대장에게 심장에 통증이 있다고, 달맞이꽃오일을 구해줄 수 없겠느냐는 부탁까지 했었다. 달맞이꽃오일은 갱년기 여성의 잡다한 통증 완화에 도움을 주는 약이다. 하지만 대장 역시 심장 통증에 왜 달맞이꽃오일을 찾느냐며,

잘못된 의학 상식을 갖고 있다면서 나를 이상한 사람 취급했다. 오전 내내 오늘은 뭔가 오겠군, 하는 기분이어서 생리가 기다려지기까지 했다.

혜나를 우리 벙커로 들여보냈다. 조금 있다 최기자가 나왔다. 그는 부스스한 머리칼을 뒤로 넘기며 나를 쳐다봤다. 가까이에서 보니 그도 나처럼 영락없이 작게 허물어져내리며 늙어가는 남자들 중 하나였다. 내가 먼저 말을 건넬 수밖에 없었다.

"부림지구네트워킹 신문사에서 일할 때 만나 뵌 적이 있어요."

그의 얼굴이 순간 환하게 빛났다.

"아, 그러세요? 제가 기억을 못했군요, 미안합니다. 어느 부서였죠?"

"부서는 없었고, 이것저것 잡무를 했어요. 이것저것요. 그건 그렇고 기자님과 혜나 얘기를 하고 싶은데, 시간 좀 내주실 수 있을까요?"

"저는 지금도 괜찮은데요."

그는 발뒤꿈치로 약간씩 반원을 그리며 걷는 습성이 있었다. 나는 커다란 비밀이라도 알아낸 듯 조금은 자신감이 생겼다. 어쨌든 혜나 얘기를 해야 했다. 그러고 나서 내할 말도 해야 했다.

"이렇게 얘기해도 되는지 모르겠는데 혜나는 부모가 없어요. 지진에 실종된 건지 헤어진 건지는 잘 모르겠어요. 돌아가신 건 아닌데 뭔가 숨기는 게 아닌가 싶어요. 연구원 말로는 애가 약간 연극성 인격 장애가 있대요. 근데 오늘 옆 벙커에 뭘 얻으러 갔다 와서는 어떤 아이를 봤는데 그애가 자기랑 똑같이 생겼다는 거예요. 엄마가 그 벙커에 있는지는 확인해보지 못한 것 같아요. 확인하기 두려웠겠죠. 혜나는 매사 의욕이 많아 그렇지, 상태는 괜찮아요. 오히려 좋아요, 늘 활기차고 나쁘지 않아요."

나는 연구원의 말을 인용하기까지 했다. 주변 하늘 색이 갑자기 짙어지고 급속히 어둠이 퍼지면서 한층 시야가 막막해졌다. 지금까지 부드러운 오라와 뿌연 분위기에 둘러싸여 있던 최기자의 얼굴이, 주변이 어두워지자 오히려 또렷하고 분명하게 보이기 시작했다.

"혜나가 최기자님이 이 문제를 어떻게 생각할지 궁금해했고, 제가 물어봐주기로 했어요."

그때 최기자는 주머니에서 손을 빼내 초조한 듯 턱을 만졌다.

"가족 문제는 제 전공 분야가 아닙니다. 만약 정말 혜나의 엄마가 거기 있다면, 그 얘기를 들었다면 말이에요. 비슷한 외양을 한 아이가 다녀갔다고 하면 가만히 있을까요? 엄마들은 원래 자식이라면 정신 못 차리잖아요. 혜나지금 어디 있어요?"

"벙커에 대장과 같이 있을 거예요."

"그렇군요. 알겠습니다."

순간 나는 마음이 급해졌다.

"그래서 기자님은 어떠신가요?"

"뭐가요?"

"그러니까 전부 다요. 벙커에서는 괜찮으신지?"

"네, 그럼요."

나는 최기자가 고개를 돌려 쳐다보는 곳을 같이 봤다. 그가 서둘러 말했다.

"오늘 대화, 정말 고마웠습니다. 그런데 유진씨, 혜나는 지금 몇살인가요?"

"열여섯살이요."

나도 모르게 온몸이 떨렸다. 주변은 어느새 완전히 암흑이어서 내가 유령을 만나고 있는 건 아닐까 착각이 들 정도였다. 그래도 오늘은 이 정도 대화를 나눴다는 것에 감사하기로 했다. 역시 교양 있는 사람인 척하는 건 나에겐 몹시 어려운 일이었다. 언젠가는 꼭 할 얘기를 하고야 말겠다고 다짐하고 또 다짐했다.

밤에 여자 노인의 상태가 악화됐다. 여자 노인에게 필요한 주사용 인슐린이 다 떨어져버렸다. 남자 노인의 진단에 따르면 여자 노인은 갑상선 기능 저하로 인해 인슐린 저항성이 높아진 상태였다. 게다가 슬픔에 녹다운되어 안색이 좋지 않았다. 대장은 계속해서 머리를 긁적이며 벙커 안을 왔다 갔다 했다.

"치료의 손길로, 치료의 손길로 제 사랑하는 아내를 낫게 해주세요."

나는 혜나가 구해온 꼬깃꼬깃한 티백 두봉지를 건네주었다. 남자 노인은 한개는 아꼈다가 나중에 마시겠다며, 한개만 꺼내 차를 만들었다. 손을 심하게 떨어 누구든지 도와줘야 했다.

"유진씨 정말 감사해요. 좋은 분이라서 큰 축복을 받으실 겁니다."

나는 가볍게 인사를 하고 자리로 돌아갔고 남자 노인은 기도를 하기 시작했다. 그러다가 갑자기 어깨를 흔들며 큰 소리로 흐느끼더니 커다란 소리로 정수를 불렀다.

"이봐요, 정수씨 우리 좀 도와주세요!"

그 바람에 다들 각자 하던 일을 중단할 수밖에 없었다.

"제가 말이죠, 사실 전부터 정수씨에게 부탁하고 싶었는데요. 아내와 제가 여기서 생활하는 모습을 촬영해주실 수 있을까요? 물론 사례는 할게요. 지금이 우리의 마지막 순간이 될 수도 있거든요. 보시다시피 아내는 지금 상태가 최악이에요."

그 말이 그렇게 심각했던 걸까. 정수는 갑자기 얼굴이 찌그러지면서 화가 난 것처럼 보였는데, 그게 그토록 화가 날 일인지 나는 잘 이해가 가지 않았다. 그녀는 카드를 탁자 위에 내려놓고는 남자 노인 앞으로 다가갔다.

"저기 어르신, 그건 제가 도와드리기 어려운 일입니다."

정수가 예의를 갖추고 말했지만 분위기는 냉랭해졌다.

"아, 그렇군요. 그게 그렇게 힘든 일인가요?"

남자 노인도 기분이 상한 것 같았다.

"힘든 일이어서가 아니고, 저는 뉴스를 찍는 사람이에요."

그녀는 남자 노인의 말이 끝나기도 전에 대답했다. 노인의 눈동자와 얼굴빛이 온통 붉게 변했다.

"아, 그러니까 우리 같은 노인네들은 뉴스 밸류가 없다, 그런 얘기군요."

정수가 허리에 팔을 얹고 휴, 하고 입에서 바람을 내뿜었다. 남자 노인도 얼굴로 흘러내리는 흰 머리칼을 천천히 귀에 걸었다.

"아뇨 어르신, 그런 얘기가 아니고, 저는 프로페셔널한 사람이에요."

노인은 팔짱을 낀 채 안경 끝을 밀어 올리며, 상체를 파르르 떨었다.

"그러니까 프로페셔널한 사람이 이 좁아터진 벙커에서 죽어가는 평범한 노인 부부를 촬영하는 건 안 된다는 얘기 아닙니까. 나도 내 와이프도 정수씨가 그토록 좋아하는 이재민들입니다. 왜 우리를 찍으면 안 되나요? 외국인 이재민은 찍어도 되고, 내국인은 안 된다는 겁니까? 게다가 또 지진이 나면 그까짓 영상은 다 쓸모없는데 말이죠."

"아니 어르신, 그게 아니고요. 어르신이 평범해서 찍지 않는다는 게 아니고, 저는 뉴스 외에는 찍지 않는다는 얘기를 하는 겁니다."

"돈을 드리죠. 난 돈이 많아요. 그리고 요즘에 누가 뉴스를 믿나, 아무도 안 믿어요."

그 말 때문에 대화는 결렬됐다. 노인은 자리에서 일어나 안경을 고쳐 썼고 정수는 노인을 외면했다. 둘의 대화는 더이상 이어지지 않았다. 그때 여자 노인이 침대에서 벌떡 몸을 일으켜 앉았다. 벙커가 폭발할 것처럼 공기가 요동쳤다. 순식간에 일어난 일이었다.

"수민아. 내 아들."

순간 남자 노인이 시든 해바라기처럼 고개가 꺾인 채 흐느끼기 시작했다. 여자 노인은 계속해서 아들의 이름을 불렀다. 남자 노인이 여자 노인의 머리를 두 손으로 쓰다듬으며 울었다. 그 순간 나는 연구원이 보이지 않는다는 걸 알았다. 종일 다른 일에 신경 쓰느라 그가 보이지 않음에도 눈치를 채지 못했던 것이다.

"연구원은 어디 가셨어요?"

내가 물었고, 아무도 아는 사람이 없었다.

"조용히 해봐요. 무슨 소리, 무슨 소리 안 들려요?"

대장이 먼저 말했는데 우리는 위험 상황인지도 모르고 다들 멍하게 있었다. 그러다가 바로 눈치를 채고 어두운 벙커 양쪽 출입구로 흩어져 몸을 숨겼다. 그들인지도 몰랐다. 흰색 방역복을 입고 성인의 신장 정도 되는 길이의 기계장치를 들고, 시판되는 피난용 두건과는 차원이 다른 군용 방독면을 쓴 채로 나타난다는 그들. 열감지장치를 작동시켜 땅 위에서 움직이는 모든 것들을 찾아낸다는 그들. 들려오는 전자기계음이 선명하고 날카로웠다. 우리는 그들이 지나갈 때까지 벽돌로 막아 칸을 나눈 어두운 통로의 은신구역에 숨어 있어야 했다.

시간이 얼마나 지났을까. 피가 말랐다. 긴장감을 주는 무전기 소리 같은 것이 계속해서 들려왔다. 벙커 바깥에 무엇이 웅크리고 있는지 우리는 전혀 알 수 없었다. 나는 동물 외피 모양의 변신도구를 쓰고 그대로 엎드려 있었다. 결국은 다 잡혀갈 텐데 피하는 게 무슨 의미가 있을까. 나는 자리에서 일어나 무거운 변신도구를 버리고 앞으로 나가려고 했다. 그때 누군가가 내 몸을 뒤에서 잡아챘다.

"움직이지 말아요."

대장이었다. 나는 우리를 위협하는 사람들에게 대들고

반항하고 싶었다.

"언젠가는 다 해야 하잖아요 그거 말이에요, 칩! 누구든 피할 수가 없다고."

"가만히 있어요. 칩이고 뭐고 죽고 싶어요, 지금?"

순식간에 대장이 뒤에서 내 몸을 두 팔로 꽉 잡아 전혀 움직일 수가 없었다. 대장은 힘이 아주 센 사람일지도 모른다는 생각이 들 정도였고, 지금까지 내가 알고 있던 사람과는 전혀 다르게 보였다.

그렇게 잠깐 시간이 흘렀다.

"내가 나가볼게요. 이곳은 제가 잘 알잖아요. 위험하면 바로 들어올게요."

대장은 그제야 몸에 힘을 풀고 나를 놔주었다.

버스 형태의 벙커를 벗어나, 완전히 어둡고 좁은 울퉁불퉁한 동굴을 통과해야 노지광산 같은 벙커 바깥으로 나갈 수 있다. 나는 종종걸음으로 폭이 좁은 길을 걸었다. 동굴 끝에 불빛이 보였다. 일시적으로 숨을 멈추고 동굴 안에 멈춰 섰다. 한참이 지나고 불빛이 사라졌다. 검푸른 밤이 되었고, 죄어오는 심장을 다독이며 동굴 끝에 숨었다. 기계음이 들렸다. 아주 가까운 곳에 그들이 있는 것 같았다. 동굴 끝은 나뭇가지를 엮어 만든 문 모양의 가리개로 막혀 있었다. 나는 무거운 가리개를 열고 바깥으로 나갔다. 그러고 나서 어두운 숲에 서 있는, 흰 수중생물들처럼 보이는 방역복을 입은 사람들을 보았다. 그 순간 바로 돌아, 긴 동굴 같은 길을 재빨리 걸어 다시 벙커로 돌아왔다.

자정 무렵에 벙커 입구 쪽에서 요란한 소리가 들려왔고, 우리는 두 남자가 잡혀가며 내지르는 비명을 들었다. 양근과 동식은 대장의 부탁으로 밖에 나갔다 돌아오던 중이었다. 여태 들어오지도 못하고 바깥에 있었으니 얼마나 힘들었을까. 비명은 아주 먼 곳까지, 그들의 몸이 끌려가는 아주 먼 곳까지 가서야 끊어졌다. 비명이 들려오는 동안 계속 귀가 아팠다. 나중에 손가락을 넣어 확인해보니 귀에서 진득한 액체가 느리게 흘러내리고 있었다. 피였다.

"X엔 이제 여덟명 남았다."

혜나가 말했다.

양근과 동식이 어디로 갔는지 찾아봐야 했다. 오후 내내 우리는 부림타운을 샅샅이 뒤지고 다녔다. 바깥을 마음대로 나돌아다닐 수 없는데도 자제력을 잃고 미친 사람들처럼 밖으로 나갔다. 금이 가고 파이고 벌어져 손을 쓸 수 없이 뒤집혔던 큰 도로는 어느새 쓰레기를 치우고 땅을 갈아엎어 편편해진 곳이 많아졌다. 그토록 많은, 오염된 흙과 쓰레기를 다 어디로 실어 간 건지 알고 싶었다. 주변은 고요했지만 고개를 돌리기만 해도 어디선가 황색 불길이 치솟는 것만 같았다. 정신을 차리고 다시 보면 지상의 모든 것들이 지진이 나기 이전으로, 제자리를 찾아가는 중이었다. 땅의 주름도 펴지고 부서지고 망가졌던 모든 것들이 정상으로 되돌아가고 있으므로 화를 내거나 절망해서는 안 된다고 자꾸만 다짐하게 됐다. 발은 고동색 흙속으로 푹푹 빠지는데 살찐 양처럼 조금씩 몸을 키우는 햇빛은 예쁘기만 했다.

부림타운으로 가는 길이었다. 부림타운 북쪽의, 약간 한적했던 주택가 지역까지 걸어 올라갔다. 허름하던 집들, 양계장과 화장터, 정신병원이 위치해 있던 곳이었다. 그 어디도 내가 모르는 곳은 없었다. 하지만 계속 보고 있기가 어려울 정도로 모두 다 부서져버렸다. 외곽일수록 지진 후유증은 더 심했다. 나는 부서진 곳을 볼 때마다 눈을 감은 채 그곳에 무엇이 있었는지 떠올려보았다.

원래의 용도는 알 수 없지만, 창을 제외한 흰 벽 부분이 온통 더께가 진 이글루 같은 건물이 보였다. 안으로 들어가보려고 건물 측면의 출입문 쪽으로 돌아갔다. 출입문은 빼꼼히 열려 있고 문에는 종이 한장이 붙어 있었다.

출입 금지 구역.

그 아래 작은 창에, 귀엽게도 누군가가 빨간 입술을 그려놓았다. 겉과 달리 안은 비교적 덜 부서진 것처럼 보였다. 내 기억이 맞다면 원래 이곳은 금속제련공장 건물이었다. 원반 모양의 용해기구들, 녹슨 연장들이 바닥에 흩어져 있고 흰 셔츠를 입은 남자가 건물 한가운데 말뚝처럼 앉아 있었다. 한발짝 뒤로 물러서서 돌아 나오려고 하다가 남자가 있는 쪽으로 가까이 다가갔다. 그도 나처럼 흙구덩이에 빠졌다가 살아 나온 사람일 게 뻔했다. 칡뿌리처럼 떡 진 머리의 남자는 빛이 들어오는 뿌연 창과 자신이 앉은 땅바닥 사이의 허공을 주시한 채 미동도 없었다. 왜 빨리 꺼지지 않느냐는 듯, 자기 혼자 있을 테니 빨리 나가라고 말하는 것 같았다. 내가 몸을 돌려 나오는 순간, 남자가 옆으로 고꾸라졌다. 그제야 자세히 보니 천장에 매달린 줄이 비스듬히 그의 몸에 걸려 있었다. 자살한 사람이었을까. 아니 어쩌면 인형이었는지도 모르겠다. 안타깝게도 눈앞에 보이는 모든 것들을 점점 더 신뢰할 수 없었다.

양근과 동식을 찾지 못할지도 모른다는 불안감에 휩싸였다. 우리는 방역복을 입은 사람들이 이재민들을 어디로 데려가는지, 그런 걸 알아낼 능력은 없다. 불안감이 온몸을 맘껏 짓이겼다. 그들이 위험한 상황에 처했을 거라고 확신하게 됐다. 게다가 연구원이 돌아오지 않아 불안감은 더 커졌다. 처음부터 연구원을 의심했던 건 사실이었다. 그는 우리보다 덜 불안해 보였고 벙커 생활을 즐기는 듯한 감이 없지 않았다. 그러나 누군가를 비난하는 건 비겁한 일이었다.

대장이 지역운동가가 말해준 곳이라며 한 건물 앞에서 목소리를 높였다. 의원급의 병원이었다. 부서지기는 했지만 건물 골조와 실내장식 일부가 그대로 남아 있었다. 바닥은 온통 흰색과 푸른곰팡이 빛깔이고 1층에는 접수대의 흔적도 보였다. 의자 한개는 어깨받침대가 날아간 채로, 또 한개는 다리가 부러진 채로 구석으로 밀려나 있었다. 벽에 붙은 수납장은 통째로 찌그러진 채 바닥으로 폭삭 내려앉았다. 혜나가 수납장 문에 달린 곰돌이 인형을 떼어내, 기념품이라며 가방 안에 넣었다. 혜나는 가는 곳마다 기념품이라며 더러운 물건도 주저 없이 챙겼다. 벙커 침대 주변 벽이 빈틈이라고는 없는데도 가는 곳마다 쓸데도 없는 물건들을 들고 나왔다.

대장은 벌써 3층까지 올라간 모양이었다. 1층에는 진료실 팻말도, 문도, 아직 그대로 붙어 있었다. 의사가 앉았던 책상에는 인체 상부 조각이 놓여 있고 책상 뒤로는 책장이 보였다. 잿더미 위에 놓인 심장, 폐, 두뇌의 모형이 낯설었다. 2층으로 올라가 처치실을 지나고 화장실을 지나자 입원실로 썼을 것 같은 작은 방이 여러개 보였다. 부러진 침대 프레임과 터진 매트리스, 조금만 건드려도 흰 먼지를 뿜어내며 와르르 분해될 것 같은 의료장비 몇대가 보였다. 몸에 힘이 풀리면서 침대 위에 누워 잠들고 싶었다. 정말이지 이제는 쉬고 싶었다.

3층에도 좁지만 입원실이었을 것 같은 방이 여러개였다. 출입 금지 팻말이 그대로 붙어 있는 방도 보였다. 이곳에서 실력 발휘를 하는 사람은 재해 전문 기자인 정수였다. 큰 키에 큰 손을 가진 그녀는 엑스 자로 붙은 나무막대기를 뜯고 출입 금지 구역으로 들어갔다. 과감한 행동을 할 수 있는 능력은 경험에서만 나오는 것일까. 그 순간의 정수는 거인처럼 커 보였다. 잠시 후 정수가 커다란 비닐에 담긴 물건을 들고 나오며 소리쳤다.

"누가 그릇 같은 것 좀 찾아와!"

대장이 내려앉은 선반들 중간에 긴 널찍한 스테인리스 용기를 꺼내 왔다. 정수는 용기 안쪽을 팔꿈치로 닦아냈다. 그러고는 비닐봉지를 열어 꽝꽝 언 덩어리를 용기 안에 미끄러뜨렸다. 정수가 내 얼굴을 보며 말했다.

"해동이 되면 아기들이 다시 살아날지도 몰라요. 그러면 난 아이들 영상을 찍을 거고. 이 영상을 CNN, BBC에 팔아 전 세계가 다 볼 수 있게 할 거예요. 중국의 CCTV에도 팔아야겠네. 난 실력이 있다니까."

정수는 맛이 간 것 같은 얼굴로 자기자랑을 했다.

"아기라니, 여기 살아 있는 것들은 없어. 여긴 그냥 옛날에, 지진 나기 전에 병원이었을 뿐이야."

내가 말했다.

"이 덩어리 봐봐. 살색이고 아기들이잖아. 다시 살아날 지도 몰라."

정수가 온 얼굴을 우그러뜨려 말했다. 스트레스가 많아서 헛것을 보는 게 틀림없었다. 아기라니, 정수의 상상력이 놀라울 따름이었다.

"얼음덩이 속이지만 버둥거리는 것 같지 않나요? 지진 지대에서 태어난 아기들. 아니 냉동실에 보관되었던 아이들. 다시 살아날지도 모른다고요."

정수는 더 흥분하며 말했다.

"이건 분명 돈이 된다니까요. 전 세계에서 이 영상을 다 받아 속보로 내보낼 게 틀림없어."

"언니, 이건 그냥 배스킨라빈스 아이스크림 가게 같은 데서 포장할 때 밑에 넣어주는 드라이아이스 덩어리예요. 조금 크기는 하지만 그거라니까. 아기들은 무슨."

혜나가 차분히 설명했다. 그래도 정수의 얼굴은 상기된 그대로였다. 그때 혜나가 갑자기 머리를 쓸어 올리고는 자기 뺨을 때리더니 소리치기 시작했다.

"하느님, 하느님, 애기들을 살려주세요. 애기들을 깨어
나게 해주세요. 하느님, 제가 잘못했어요. 제가 잘못했으니
이 애기들을 살려주세요, 제발. 다들 미쳐가고 있다고요."

미래의 어느 날 칸 영화제에서 여우주연상을 받을 연
기자가 바로 내 옆에 있었다. 다 무너진 병원 건물에서 혜
나는 자기모멸에 휩싸인 고난도 성격 연기를 하는 중이었
다. 정수가 양동이를 들고 옥상으로 껑충껑충 뛰어 올라
갔다. 따라가보는 수밖에 없었다. 정수는 옥상 난간 아래
모아놓은 철제 쓰레기들 틈에서 주방용 스테인리스 수납
장을 밀고 와 그 위에 용기를 올렸다.

"여기 곧 태어날 아기들이 있어요. 좀 기다렸다, 깨어나
면 벙커로 데려가요!"

정수가 고집을 피웠다.

"제정신이 아니셔 다들."

혜나가 또다시 말했다. 정수는 이제 거의 울고 있었
다. 우리가 본 것은 보존 처리된 신생아가 맞을지도 몰랐

다. 정수 주장대로 버려진 아이들인지도 몰랐다. 병원 건물 창밖에 이상한 새들이 보였다. 꽁지 부분에 푸른색 깃털이 동그랗게 모여 있고 주둥이가 붉은 새였는데 외양이 몹시 컬러풀했다. 쓰레기더미를 헤집는 건 물론 심지어 사람도 잡아먹을 정도로 커다란 주둥이를 가진 새였다. 슬픔이나 불안 따위는 모른다는 듯, 새들은 계속해서 몸을 움직였다.

곤궁에 빠진 이재민이 된 사람들! 나는 도망치듯 울퉁불퉁한 길을 걸었다. 골조의 일부만 남아 있는 가게 건물 앞의 나무에 찰싹 달라붙어 나무껍질을 빨아 먹고 있는 남자를 만났다. 점퍼를 입은 남자의 등은 홀쭉해 보였고 그가 달라붙어 있는 나무는 더 홀쭉해 보였다. 배가 고픈 남자의 신음이 내가 있는 곳까지 들려왔다. 후우후우, 하고 숨을 내쉬는 소리였다. 어느새 따라온 대장이 다가가 주머니에 든 통조림 하나를 꺼내주었다. 남자는 열렬히 환호하며 그 자리에 쭈그리고 앉아 통조림 깡통 속에 혓바닥을 넣었다.

"맛이 좋습니다."

그가 말했다.

그 순간 처음 보는 아이 세명이 내가 있는 쪽으로 뛰어왔다. 키가 내 허리께까지밖에는 오지 않는 아이들이었는데 군데군데 찢어진 옷과 살집이라고는 없는 마른 몰골이 볼만했다. 한 아이가 내게 다가와서 말했다.

"아줌마, 우리 배고파요."

뒤에 서 있는 다른 두명의 아이를 본 순간, 나는 그 자리에 주저앉고 싶을 만큼 힘이 빠졌다. 아이들은 온통 먼지를 뒤집어쓴 채 갈색 눈동자만 계속 움직였다.

"저리 가!"

내가 말했다.

나는 그 아이들을 볼 수도, 안 볼 수도 없었다. 외면하다가 결국 아끼고 아껴둔 감자 스낵 한봉지를 배낭에서 꺼내 아이들에게 주었다. 아이들은 머리를 맞대고 감자 스낵을 먹었다. 반 남은 생수병도 뚜껑을 열어 아이들에게 주었다. 난데없이 하늘에서 흰 눈꽃이 떨어졌다.

"지금 눈 오니, 애들아?"

과자 먹는 아이들 어깨를 두드리며 물었다.

"으이그 아줌마, 저건 그냥 미세먼지예요."

아이들은 한심스럽다는 듯이 날 쳐다봤다. 한 아이가 다가와 정맥류 스타킹을 신은 내 오른쪽 다리를 손으로 꽉 움켜쥐었다. 너무 아파서 순간 나를 잡고 있는 아이의 어깨를 세게 당겨 안았다. 안긴 아이와 달리 저쪽에 선 채, 손을 꼭 잡고 있는 두 아이도 보였다. 몸태가 똑같은 쌍둥이였다. 아이 셋이 갑자기 울기 시작했는데, 나도 같이 울고 싶은 기분이 되었다.

"애들아, 나도 더이상은 먹을 게 없어. 더는 줄 게 없다구. 그러니까 저리 가."

애들은 내가 무슨 말을 해도 울었고 그 얼굴을 보면 볼수록 더 난감해졌다. 하지만 내가 남의 아이들 돌볼 처지인가. 무슨 일인지 순간 애들이 울음을 딱 그쳤다. 그러곤 내게 돌멩이를 집어던지고 욕을 하며 먼지 나는 길로 도망쳤다. 나는 원래 애들한테도 자주 무시당하고 욕을 먹

곤 했으므로 이 정도는 사실 대단한 일도 아닌 흔한 일이
었다.

유통기한이 지나버린 초콜릿바 몇개와 성분을 알 수 없
는 가루들 말고는, 더는 먹을 것이 없는 상황이었다. 미래
의 연극배우가 겁도 없이 벙커 뚜껑을 열고 편안히 바깥
을 내다봤다. 그러더니 힘없이 말했다.

"눈이 오는 것 같아요."

고개를 내밀고 밖을 내다봤다. 먼지가 눈처럼 뭉쳐져
허공에 떠다녔다. 먼지뭉치 사이로 제철단지의 용광로만
우뚝 서 있고, 모든 배경은 먼지에 용해되어 없어진 듯 겨
우 윤곽만 보였다. 그때 남자 노인이 내 침낭 쪽으로 다가
왔다. 순간 귀신인 줄 알았을 정도로 남자 노인의 몰골이
이상했다. 그가 비상구 끝 쪽을 가리키며 그쪽으로 와달
라고 했다. 여자 노인 일로 부탁할 것이 있을 거라고 예상
했기 때문에 특별히 부담스럽거나 하지는 않았다.

"요즘 지내기는 어떠신가요?"

노인이 먼저 입을 열었다.

"네, 저는 괜찮아요. 다들 힘들잖아요. 할머니가, 아니 사모님이 편찮으셔서 힘드시죠? 곧 괜찮아지시겠죠. 너무 걱정하지 마세요."

남자 노인이 고개를 끄덕이며 녹슨 상자 뚜껑을 열듯 힘겹게 입을 열었다.

"유진씨, 저는 유진씨보다 연배가 높은 사람입니다. 희 망으로 똘똘 뭉친, 구세대의 생활방식을 지진이 난 땅 위 에서도 이어가려고 몸부림치는 이상한 신념을 가진 사람 이죠. 저는 학자예요. 미국에서 유학했고 평생 대학에 있 었어요. 겨울이면 눈이 머리끝까지 와서 자동차가 눈에 파묻혀버리는 동부 지역에서 공부를 했어요. 저는 신념이 강한 사람입니다. 세상은 발전한다는 신념요. 지금은 지 진이 나서 이 모양이 됐지만, 일단 우리가 빈곤에서 벗어 나 먹고사는 문제를 해결했다는 걸 저는 가장 중요하게 생각합니다. 그리고 제 아내와의 사랑은 영원하다는 신념 도 중요합니다. 저와 제 아내는 같이 산 지 55년이 넘었어요. 아내는 저를 세상에서 가장 핸섬한 남자라고 부르고, 저는 제 아내를 세상에서 가장 아름다운 여자라고 부릅니다. 우리가 처한 이 어려움은 반드시 극복할 수 있다고 믿어요. 유진씨도 믿으시죠?"

장황한 자기소개가 부담스러웠다. 마치 나 한 사람을 상대로 강연이라도 하는 것 같았다.

"한교수님이 어떤 분인지는 저도 조금은 알아요."

"제가 어떤 사람 같은가요? 얘기해주실 수 있나요? 여기 와서 저도 제 자신이 어떤 사람인지 혼란에 빠졌어요. 이렇게 무기력하게 가만히 있는 거 말고는 할 게 없다니, 믿기지가 않아요. 학문이란 정말이지 아무런 도움이 되지 않는군요."

나는 조금 망설였다.

"교수님은 그냥 제가 볼 때 외국 사람 같으세요. 말씀하시는 것도 그렇고, 모든 게 다 그래요. 말씀하실 때 두 팔을 양쪽으로 자주 펼치는 것도요. 많이 더러워지기는 했어도 입고 계신 옷도 다 이태리제라고 말해요, 사람들이."

그 말이 재미있었던 걸까. 남자 노인이 입꼬리를 올리고 웃었는데 조금은 천진해 보였다.

"만약 말이죠, 유진씨. 제 아내가 잘못된다면, 그러니까 아내가 사망하거나 하면 그후에 말인데요. 그때 제가 유진씨에게 도움을 요청해도 될까요?"

남자 노인은 입술 양끝을 최대한 끌어올려 미소를 지으며 말했다.

"그러니까, 제 파트너가 되어주세요. 어떠신가요?"

너무 놀라 하마터면 큰 소리로 웃을 뻔했다. 세상에서 가장 아름다운 아내 어쩌구 하던 게 바로 몇초 전이었다. 나는 괜히 주변을 둘러봤다. 혹시 벙커 사람들 중에 누군가가 이 순간, 이 말을 들었다면? 주변이 어두워 그의 목소리와 손놀림은 분명하게 들리고 인지되는 반면, 얼굴은 잘 보이지 않았다. 차라리 얼굴이 보이지 않는 게 다행이었고, 지진이 일어난 후 머리가 가장 팡팡 도는 순간이었다.

"감사해요. 집안일해줄 사람이 필요하신 모양이네요. 그런데 저는 일을 그렇게 잘하는 편이 못 됩니다. 저 굉장

히 산만하고 지저분해요. 근거도 없이 제가 집안일을 잘
할 거라고 생각하시면 안 됩니다."

사실 생활고는 감당하기 어려웠다. 그리고 지진이 난
후 나의 미래는 더욱 불투명해졌다. 그러나 남자 노인이
흘린 침을 닦아줘야 한다든지, 음식을 먹여줘야 한다든
지, 아주 구체적으로는 그와 24시간을 같이 보내고 그의
엉덩이에 붙은 냄새나고 지저분한 것들을 말없이 떼어주
는 것은 생각해보지 못한 일이었다.

"집안일할 사람이라뇨. 제가 유진씨를 그런 사람으로
생각한다는 겁니까? 전혀요. 저는 파트너가 필요한 겁니
다. 지진이 끝나고 예전처럼 일상으로 돌아간다면 저는
부족한 것 없이 살 수 있습니다. 걱정할 게 전혀 없어요."

제안 자체는 신선했다. 전혀 나쁘지 않았다. 누군가에
게 기댈 수 있다는 건 좋은 일이고, 그걸 받아줄 수 있다면
더 좋은 일이겠지만 갑작스러웠다. 남자 노인이 늙은 사
람이어서는 결코 아니었다. 빠른 결단을 내리기 어렵지만
용기를 내서 뭔가 말해야 했다.

"교수님께서 몸을 움직이지 못할 지경이 되면 지역사회에서 도와드릴 수 있을 거고, 저는 사람을 찾아야 해서 교수님 옆에 매일 붙어 있을 수 없어요. 사실, 교수님이 언제 돌아가실지도 알 수 없고요. 제가 먼저 죽을 수도 있잖아요. 그리고 지금은 사모님이 살아 계신데 그런 생각을 하시는 건 좀 너무하시네요."

남자 노인이 순간적으로 내 손등을 잡으려고 했다. 뿌리쳤지만 그는 전혀 흥분하지 않고 다시 팔을 뻗었다.

"손잡지 말고, 그냥 말씀하세요."

그가 손을 물렸다. 살이라고는 전혀 없는 손의 마른 느낌과 긴 손가락의 감촉이 인상적이었다. 나보다 나이 많은 남자의 손은 처음 잡아봤다.

"유진씨가 저보다 훨씬 어리다는 건 잘 압니다. 그리고 유진씨가 대장을, 그러니까 이름이 뭐죠 그분, 그 사람을 좋아하는 것도 알고요. 하지만 그분은 유진씨의 남은 생을 넉넉하게 지탱해줄 만한 경제력이 없을 겁니다. 물론 이건 제 사적인 견해예요. 나중에라도 마음이 바뀌거나 하면 꼭 알려주세요. 저는 여행을 다닐 돈도 충분합니다. 돈 말고 다른 재산도 많아요. 요즘 전 세계의 버려진 곳을 여행하러 다니는 사람들이 많다고 들었습니다. 우리가 같이 여행을 다닐 수도 있겠죠. 어때요? 저랑 같이 지내시는 거, 한번 생각해보실래요?"

나는 당황했다. 대장 얘기가 나올 줄은 생각도 못했기 때문이다.

"제가 대장을 좋아하다뇨. 대장은 벙커 사람들 모두가 좋아해요, 저만 그런 건 아니고. 그분이 어떤지는 다 아시잖아요. 그리고 이런 상황에서 재산이 많으면 뭘 하나요. 교수님 말씀은 듣기가 좀 그러네요. 대장을 무시하시는 것 같아서요."

감정의 바닥을 다 드러내지는 않았지만 남자 노인이 좀 고독해 보이는 건 사실이었다. 그의 제안을 받아들이지 않더라도 궁금한 건 많았다. 잘나고 배운 사람들은 말년을 어떻게 보내는지 나는 늘 궁금했었다.

"그래서 앞으로 어디를 여행하실 계획이세요?"

남자 노인은 이번 대답이 중요하다는 걸 알고 있는 것 같았다.

"일단 말이죠, 테디 베어 박물관에 가고 싶어요. 그다음엔 말이죠, 전에도 갔던 피렌체의 우피치 미술관에 다시 가고 싶어요. 보티첼리의 그림을 봐야 해요."

둘 다 처음 듣는 곳이었고, 뭐 그러거나 말거나 나는 피렌체가 어느 나라인지도 잘 몰라서, 가보면 좋은 곳이겠지 하고 넘어가려고 했다.

"그런데 저기 걸어오는 사람 동식씨 아닌가요?"

어둠속에서 양쪽 주머니에 손을 넣고 이쪽으로 걸어오고 있는 동식이 보였다. 나는 무조건 달려갔다. 몸이 작게 짜부라져서 사람을 잘못 본 게 아닌가 의심이 들 정도였다. 동식은 아무 말도 없이 내 얼굴을 빤히 쳐다봤다.

"동식씨, 어떻게 된 거예요? 무사해서 다행이네요. 양근씨는요? 왜 혼자죠? 우리가 찾으러 다녔어요."

그는 아주 말짱해 보였지만 잔뜩 풀이 죽고 엄청나게 피곤해 보였다. 자꾸만 자신이 온 길을 돌아봤고 벙커 안으로 들어가려고만 했다. 그는 벙커에 들어가자마자 침낭에 누웠고 대장은 동식이 입고 있는 비닐옷을 벗겼다. 왼쪽 팔 위를 묶은 보호붕대가 보였다. 그는 하고 싶은 말이 많아 보였지만 금세 정신을 잃고 잠이 들었다. 외상이 있지 않은 것만도 천만다행이었다.

몇시간이 지난 후 우리는 동식의 침낭 옆에 모였다. 최기자가 동식을 일으켜 앉힌 뒤 물을 마시게 해주었다. 뭐든 먹게 해주고 싶었지만 마땅한 음식물이나 식사 대용품도 많지 않았다. 동식의 얼굴은 이상하리만치 맑고 차분했다. 그러나 자세히 보니 얼굴이 누렇게 떴고 손끝도 미세하게 떨렸다.

"알루미늄으로 만든 것 같은 밝은 공간으로 끌려갔어요. 먼지도 흙도 없고 정말 깨끗했어요. 너무 추웠는데 흰 가운을 입은 사람들이 거기 서 있었어요. 아, 그 사람, 우리를 인터뷰한 연구원도 있었어요. 처음에는 얼굴을 가려 잘 알아보지 못했지만 뒷굽이 뭉툭해진 갈색 신발을 보니까 알겠더라구요. 그 사람이었어요. 우리가 스파이일지도 모른다고 자주 말했었죠, 왜. 저는 양근이가 어디로 잡혀 갔는지 알지 못해요. 내내 제가 있는 곳 어딘가에 함께 있다고 생각했는데. 전 벙커로 돌아와 있을 거라고 믿었어요. 어디로 갔을까요? 누가 아시는 분 없나요?

장동식. 벙커X. 좌열 23번. X93.

그들이 소리쳤어요. 전 기억력이 좋아요. 멘사 회원이거든요. 그 사람들이 기호와 숫자를 조합한 암호문자 같은 것이 적힌 스티커를 제 가슴에 붙였어요. 그런데 그들이 우리 벙커를 다 알고 있었어요. 엑스레이 촬영한 것을 보여줬는데 땅속에 숨어 있는 벙커 사람들 모습이 유령들처럼 움직였어요. 그 사진을 보는데 계속해서 한기가 잇새에서부터 새어 나왔죠. 거창한 수술장비가 있거나 피가 튀는 장면이 일어날 것 같은 분위기는 전혀 아니었고, 그냥 의자에 앉아 있는 저를 그들이 일렬로 선 채 내려다봤어요. 그들 뒤로 바닷물처럼 파랗고 깨끗한 벽이 펼쳐져 있었고, 공기정화용 환기팬이 돌아가는 소리가 들렸어요. 우리 벙커에 있던 사람들 모두 어디로 갔는지 아시나요?

제가 물었어요. 그분들은 몸에 칩을 넣고 지금 회복 중이 십니다. 칩을 넣은 후 안정이 되면 다른 도시로 이주시켜 드리겠습니다. 그들이 웃으며 말했죠. 거짓말이었죠. 순간 삐걱거리는 소리를 내며 흰 벽에서 커다란 액정 화면이 내려왔어요. 의자에 앉아 있는 내 몸이 그대로 화면에 비쳐졌죠. 흰 방역복을 입은 사람이 화면에 있는 내 머리를 가리키자 디지털 부호 같은 글자들이 벌레처럼 나타나 내 몸을 훑고 사라졌어요. 저 역시도 디지털 벌레가 된 것 같았어요. 그때 벽인지 바닥인지 알 수 없는 곳에서 턱없이 밝은 목소리가 흘러나왔어요.

당신의 몸에 생체 칩을 넣으면 당신에 대한 모든 정보가 입력되기 때문에 굳이 본인에게 일어난 일들을 기억하실 필요가 없습니다. 혹시 장동식 씨가 불의의 사고로 사망하시더라도 생체 칩 안에 기본 정보가 다 들어 있기 때문에, 불행하게 의식이 없다고 하더라도, 자기 자신에 대해 설명하지 못하게 되더라도 아무 걱정이 없습니다. 물론 치매가 와서 자신을 설명하지 못하는 일이 생겨도 걱정할 필요 없고요. 새로운 신분증이라고 생각하시면 쉽습니다. 자, 그럼 이제 시작할 테니, 본인도 이 사항에 대해 동의한다는 의미로 재난안전청과 국가생체칩아카이브에 보관할 확인 사진을 한장 찍겠습니다. 이 모든 과정에 동의하십니까?

뭐든 닥쳐오는 일은 받아들여야 하잖아요. 제가 무슨 힘이 있나요. 동의한다고 했죠. 사진 찍힌 내 얼굴에 번호가 매겨지고 커다란 화면을 꽉 채운 수백만장의 사진들 한가운데로 들어가 자취를 감췄어요. 칩을 넣은 사람들의 수많은 얼굴 사진이 화면을 꽉 채우고 있었죠. 기계장치를 통해 다시 목소리가 흘러나왔어요.

걱정하지 마십시오. 이제 옆방으로 모시겠습니다. 그전에 심리적 안정을 위해 간단한 시술을 하겠습니다.

그때 갈색 단화를 신은 연구원이 주먹을 쥐고 힘내라는 듯, 두 손을 흔들었어요. 저는 두어번 고개를 끄덕이고 눈을 감았죠. 닥쳐올 일을 아무 의심 없이 받아들이는 건 무능한 회사원이 가장 잘하는 일이에요. 저는 누워서 생각했어요. 칩을 넣고 나서 다시 태어나면, 절대로 회사원으로 살지는 않겠다고. 아무것도 되지 않고 자유롭게 살겠다고.

커다란 도시락통 같은 사각의 스테인리스 안에 들어가 누웠어요. 사람들이 제 주위로 몰려들어 일제히 저를 내려다보는 것 같았지만 사실은 저 혼자였어요. 착시였죠. 머리가 뒤로 쿵 하고 나가떨어지는 것 같은 느낌이 잠깐 들었어요. 아프지 않았어요. 정말로, 조금도 아프지는 않았어요. 베개가 떨어진 것뿐이었는데요. 그동안 지진으로 인해 겪은 일들에 비하면 아무것도 아니었죠. 방역복을 입은 사람들은 몸에 칩을 넣은 사람은 더이상 누구도 감시하지 않는다고 약속했어요. 길을 가다 마주치면 서로 손을 들어 인사를 한다며. 칩을 넣고 다른 벙커 사람들처럼 이주 권장 지역으로 떠나기만 하면 다 끝이라고 했어요. 새 삶이 기다리고 있다고요. 새 삶이라니. 그런 말은 처음 들어봤어요."

다른 날보다 몹시 피곤하고 긴 하루였다. 우리는 카드

테이블에 모여 앉아 집단 명상이라도 하는 듯 카드는 안 하고 말도 아낀 채 가만히 서로에게 집중했다. 남자 노인은 아무 일도 없었다는 듯 아내 옆을 지켰다. 정수는 바로 내 옆에서 공들여 카메라 렌즈를 닦았다. 몹시 피곤해져 나는 침낭에 누워 눈을 감았다. 누군가가 말하는 소리가 들렸다.

"오늘은 하루가 정말 길다. 이제 소등하고 좀 쉴까?"

"불이 어딨다고 소등을 해."

남자 노인의 말이 생각나서 나는 혼자서 웃었다.

'유진씨는 사실 제 스타일이에요.'

정말 웃기는 말이었다.

"닥치고 패나 돌립시다."

누군가가 말했다. 그러고 보니 아직 밤이었다. 내 정신이 오락가락한 걸까. 벙커에서는 사실 밤인지 낮인지 헷갈릴 때가 많다. 밤에 동식의 비명을 듣고 깨어났다. 덩치가 산만한 사람이 울고 있었다. 성인 남자가 우는 장면은 처음 봤다. 나도 울고 싶어졌다. 동식은 양근도 아닌 그 누군가의 이름을 자꾸 불렀다. 내가 누구인지, 내 입으로 설명할 필요가 없어지면 더 행복해질 수 있을까. 죄가 없는 깨끗한 사람으로 다시 살 수 있을까. 지진 트라우마는 단번에 사라질까. 그럼 보고 싶은 사람들을 다시 만날 수 있을까. 손을 잡아볼 수 있을까. 우리는 지금 어디에 있는 걸까. 나이 많은 노인이 테디 베어 박물관이라니, 그것도 좀 귀여웠다. 한명이 다시 늘어 벙커X에 사는 사람은 모두 아홉명이 되었다. 이제 더는 숫자가 줄어들지 않기를 바랐다.

서늘한 가을 기운이 벙커 구석구석까지 스며들었다. 대장은 계속해서 머리를 긁적이며 벙커 안을 왔다 갔다 했다. 하도 손을 넣어 하얗게 닳아 해진 점프 슈트 주머니에 구멍이 날 지경이었다. 대장은 얼굴이 부쩍 늙어 보였다. 적어도 70세는 된 듯했고, 금세 바스라질 것만 같았다. 먼 곳을 쳐다보며 다른 생각을 하거나 목적 없이 물건을 들었다 놓았다 할 때는 왠지 더 불안했다. 그가 입을 열었다.

"저는 대도시로 가야 합니다. 친구가 죽었는데, 살아 있을 때는 가지 못했지만, 마지막으로 친구 얼굴을 한번 보고 싶어요."

"안 돼! 절대 안 돼요!"

누군가가 새된 비명을 질렀다.

"부고는 어떻게 들으셨나요?"

최기자가 물었다. 그는 고개를 떨군 채 가만히 벙커 바닥을 내려다보다가 조용히 말을 이어갔다.

"그냥 알 수 있습니다. 원래 시한부 선고를 받은 친구였어요. 이제 때가 된 것 같아요."

우리는 그가 뭔가 더 말해주기를 기다렸다.

"혹시 제가 돌아오지 않더라도, 여러분은 여기서 꼭 안전하게 살아 있으세요."

그가 당부하듯 말했고 혜나는 충격을 받은 듯 벌떡 일어나 대장의 두 무릎을 꼭 잡고 물었다.

"언제 오실 건데요, 네? 똑바로 대답하세요. 여기로 저랑 유진 아줌마를 데려온 사람이 대장이잖아요. 저희는 이제 어떡해요."

그는 폐활량 검사를 할 때처럼 숨을 크게 들이마셨다가 내쉬었다.

"곧 돌아와야죠. 와서 벙커 안에 냉장고를 설치할 생각입니다."

냉장고라니, 반전이었다. 우리는 갑자기 긴장이 풀려 천치들처럼 낄낄거리기 시작했다.

"벙커에서 시원한 얼음을 먹는 건가요, 이제? 정말 말만 들어도 속이 시원해지네요."

정수가 말했다. 얼음을 씹어 먹어본 지가 언제인지, 갑자기 이가 시리고 어깨가 저절로 떨렸다. 대장은 고요히 누워 있는 동식을 불러 그를 일으켜 앉혔다. 그러곤 그의 어깨를 한번 두드려주고 만능절단기 사용법을 알려주었다. 또 전기 광증폭 야시경도 건넸다. 야시경은 영상 색깔이 뿌연 초록색으로 보이지만 어두운 곳에 사는 사람들에게는 반드시 필요한 물건이었다.

"이것만 있으면 웬만한 일은 다 해결됩니다."

그는 동식에게 몇가지를 더 당부했다. 동식의 얼굴에 점차 혈기가 돌았다.

"화상 치료약이 다 떨어졌어요. 다들 화상 입지 않도록 조심하세요. 또 누구든 설사를 하면 소금과 설탕을 물에

타서 먹이세요. 수분 보충이 되어야 탈수를 막아요. 또 누가 큰 출혈이 있을 경우에는 생리대를 이용해 우선 출혈을 막으세요. 그러고 나서 이 붕대로 상처를 꽉 감아요. 감염만 없다면 3, 4일이면 살은 저절로 다시 붙어요. 이 정도는 다 아시죠?"

대장은 꼼꼼하게 챙긴 물건과 쓰임새를 적은 노트를 동식에게 전달했다. 꽤 두툼한 노트였다. 냉장고는 없어도 아무런 불편이 없지만 대장이 없으면 많은 어려움이 닥칠 수 있다. 어떤 위기가 와도 대장만 있으면 괜찮을 텐데. 모두들 불안한 표정으로 멀뚱멀뚱 대장만 쳐다봤다. 대장이 없는 벙커 생활이라니, 눈앞이 깜깜해졌다.

밤에 대장이 손에 가위를 들고 내 침낭으로 왔다. 나는 내 가위를 보여줬다. 우리집의 유물이라고 나 혼자 정한, 녹이 많이 슬고 은색이 벗겨져 거의 검은색이 된 가위였다. 나는 그 가위를 늘 가지고 다녔다. 손에 쥐면 철의 느낌이 살갗을 파고들어 혈액 속으로 안착하는 느낌이 드는 손가위였다. 나는 가위를 들고 대장의 머리카락을 눈곱만

230

큼씩 잘라나갔다.

"제가 재미있는 얘기 해드릴까요, 유진씨? 지진 났을 때
저는 머리를 감고 있었어요. 머리에 바른 샴푸를 막 헹구
려고 할 때 지진이 났어요. 상상해보세요. 저는 머리를 헹
구지도 못했답니다. 불쌍하죠? 저는 친구 장례식장에 들
어가지 못할지도 몰라요. 지진이 난 지역에서 온 사람이
니까 못 들어가게 할 게 틀림없어요. 바깥에선 부림지구
사람들이 오염됐다고 말하니까요. 여기 흙을 한봉지 담았
어요. 친구의 관 위에 뿌려주고 싶어서요. 그런데 유진씨
이 옷, 어떻게 생각하세요? 이 작업복 입고 가도 되겠죠?
돌아오면 벙커에 제대로 된 세탁 시설을 만들어야겠어요.
유진씨, 우리도 이제 꽤 오랜 시간을 함께 보냈군요. 안 그
래요? 지진 나기 전에 제가 무슨 일 했는지 얘기해드릴까
요? 이제 제 얘기도 좀 하고 싶어지네요. 제 얘기 좀 들어
주실래요?"

나는 사실 약간 졸렸지만 그가 얘기하도록 내버려두었
다. 모두들 이제 틈만 나면 자기 이야기를 하려고 해서 조

금 귀찮기까지 했다.

 "저는 트럭을 몰고 폐기물을 운반하는 일을 했어요. 위험한 물건을 잔뜩 싣고 엄청나게 먼 길을 달려 목적지에 가 폐기물을 버리고 오는 일이었어요. 출발할 때는 100대쯤 되는 트럭이 함께 출발하지만 돌아오지 않는 트럭이 반 이상이었죠. 지도와 최소한의 먹을 것과 담요를 챙겨 곧 돌아올 것처럼 떠났어요. 일 끝내고 열나게 마시고 놀자! 그렇게 말하고 하이파이브를 하죠. 처음엔 가는 길이 같은 줄 알고 달리지만 각자 가는 길이 다 달랐죠. 저는 운전병 출신이라 운전에는 베테랑이었고 주로 시도의 경계를 넘어 다녔는데 아무도 폐기물을 어디에다 갖다 버리라고 알려주지 않았기 때문에 결국 외곽으로 가게 되거든요. 가다보면 폭우에 폐기물이 다 쓸려 내려가기도 하는데, 그렇게 달리면서 바람에 비에 폐기물을 조금씩 공중에 흩어버리는 거죠. 하지만 목표로 했던 지명은 아무리 가도 없는, 절대 찾을 수 없는 곳이었어요. 원래 없는 지명이었죠.

제 트럭에는 원전지대에서 쓰던 방사능에 노출된 기계 장치들이 잔뜩 실려 있었는데, 흙으로 덮어 숨기고 천으로 단단히 동여맨 상태였죠. 계속 달렸어요. 표지판을 확인하면서 앞으로 또 앞으로, 그러다가 어느 시골 마을에 갔을 때 함께 출발한 트럭을 만났어요. 얼굴은 알지 못하지만 모두가 다 볼보사 트럭인데다가 칙칙한 색깔이 같아서 한눈에 알아볼 수 있었죠. 그 트럭을 몰던 사람이 술을 엄청나게 퍼마시고 있었어요. 돈이 없어서 트럭에 실은 고철덩어리들을 몇개씩 팔아서 술을 마셨다고 하더군요. 그 사람이 해준 재미있는 얘기가 있는데, 어느 날 밤 엄청 술에 취해 숙소에 들어갔대요. 술이 너무 맛있고 그동안 너무 오래 달린 탓에 그대로 퍼져버렸대요. 자다가 눈을 떠 여관방 벽면에 걸린 액자를 봤다고 합니다. 왜, 장식용으로 걸린 작은 그림 같은 거 있잖아요. 엽서 네개쯤을 모은 아주 작은 크기의 그림이었는데, 어떤 여자가 희고 긴 치마를 입고 고개를 좀 숙인 채 외국의 어떤 거리를 걷고 있었답니다. 흰옷은 속옷처럼 보였고 그 위에 덧입은 긴 스웨터가 여자의 어깨부터 무릎까지 감싸고 있었대요. 언뜻 보면 몸이 그리 크지 않은 프랑스 여자 같기도 했는데, 그 얼굴이 죽은 자기 아내의 얼굴과 똑같이 생겼더랍니다. 너무 놀라서 눈물이 쏟아져 나왔대요. 아내가 밤새 그림 속에서 자기를 내려다보고 있었다는 건데, 그 감동을 참을 수가 없어서 그 숙소에서 바로 뛰쳐나왔답니다. 점퍼 지퍼를 열고 그 그림을 가슴에 넣고는 밤새도록 달렸대요. 계속 달렸더니 어딘가 안전한 곳에 도착했다는 얘기죠. 그날 아침, 숙소가 있던 그 도로변에서 커다란 화재가 났거든요. 그는 아내가 자신을 안전한 곳으로 데리고 갔다고 믿고 있답니다. 믿을 수 없지만 그래요. 해놓고 보니 제가 무슨 얘기를 한 건지 알 수 없네요. 미안해요, 유진씨. 내 처지가 그 트럭에 담긴 폐기물과 같다는 생각을 했습니다. 하지만 우리도 죽은 아내의 도움을 받은 그 늙은 운전사처럼, 보이지 않는 누군가의 도움에 의지해 살아가겠죠. 누군가가 우리를 보호할 겁니다. 나는 그렇게 믿어요."

나는 가위질을 멈췄다. 알고 보니 그는 수다쟁이였다. 늙은 남자가 웬 말이 이렇게 많단 말인가.

"이제 다 된 것 같아요."

삐죽 튀어나온 머리칼 한두개를 자르고 정리를 끝내자 대장은 거울을 봤다. 사실은 그의 얘기 속도에 머리 자르는 속도를 맞춘 거였다.

"정말 감사합니다, 유진씨. 다음에도 또 제 머리를 다듬어주시면 좋겠네요. 정말 감사합니다."

"아, 아직 안 끝났어요. 잠깐만 기다리세요."

나는 그의 앞으로 가 턱 아래 삐죽삐죽 난 수염도 일정하게 잘랐다. 그리고 도사처럼 길게 자란 양쪽 눈썹 끝도 조금 잘랐다. 그러고 나니 그의 얼굴이 훨씬 좋아 보였다.

"상상만 해도 슬퍼요. 친한 친구가 죽다니. 전에 제 친구 수진이가 그런 말을 한 적이 있어요. 자기랑 친한 친구들은 다 먼저 죽었다고, 그래서 자기는 친구가 없다고요. 저도 알 것 같아요, 대장의 지금 기분을요."

다음 날 아침에 일어났을 때 대장은 이미 벙커를 떠나고 없었다. 그의 륙색과 작업복, 늘 겹쳐 입던 패딩을 걸어두던 자리가 텅 비어 있었다. 전형적인 아침형 인간이라 새벽부터 일어나 준비를 했을 터였다. 벙커도 부림지구도 텅 빈 것 같았다. 떠다니는 먼지조차도 맥이 빠진 듯, 벙커 안의 그 무엇도 움직임이 없었다. 나는 덤덤한 얼굴로 도시로 갔을 대장의 뒷모습을 떠올렸다. 곧 다시 돌아올 거라고 믿는 수밖에 없었다. 대장은 절대로 눈치채지 못했을 테지만 나는 사실 대장과 함께 가고 싶었다. 그 말을 하기가 왜 그토록 힘들었을까.

동식은 입만 열면 비빔밥, 볶음밥, 잡채밥, 밥, 밥, 밥 얘기만 했다. 어떤 때는 고개를 돌려 아무도 없는 옆자리를 보며 혼잣말도 했다.

"버섯볶음밥 해줄까? 오늘은 버섯볶음밥 먹자. 내가 해줄게."

살이 빠지고 몸이 반으로 작아진 동식은 상처받은 늙은 소년 같았다. 자기가 일했던 회사에서는 직급이 과장이었다면서, 이제부터는 다들 과장님이라고 부르라고 했다. 정수는 물건을 도둑맞았다며 하루종일 신경질을 냈고, 최기자는 신문 냄새가 그립다며 종일 우울해했다. 혜나는 생리 양이 갑자기 많아졌다며 계속해서 생리대를 구하러 다녔다. 여러 사람의 지진 키트에서 얻어 쓴 생리대와 소아용 기저귀도 이제 동이 나버렸다. 남자 노인은 나한테 언제 그런 말을 했느냐는 듯이, 모르는 사람처럼 눈을 피했다. 그럴 수밖에 없는 것이, 그의 부인이 점점 쇠약해져서 속이 거의 다 빠진 곤충처럼 말랐다. 여자 노인은 이제 거의 누워서만 지냈고 남자 노인은 침대 옆에 달라붙어 아내를 지켰다. 여자 노인은 잠깐씩 기운이 날 때마다 남자 노인에게 잔소리를 했다. 나는 여자 노인을 보며 사람이 죽기 전에는 이상하리만치 힘이 세진다는 말을 기억해냈다.

"음식을 흘리지 않도록 항상 조심해요. 음식을 흘리면 젊은 사람들이 당신을 무시해요."

"옷도 단정히 입으세요. 아시겠죠?"

"젊은 사람들 앞에서는 항상 지갑을 여세요."

"여러분, 우리집에 홍차 마시러 와요. 꼭 와요."

"오렌지 좀 먹었으면 소원이 없겠네."

누구든 다들 조금씩 지칠 수밖에 없었다. 나도 지쳤다. 어떤 식으로든 끝이 왔으면 싶었고 먼지처럼 철가루처럼 녹아 세상에서 사라지고 싶었다.

일주일이 지나도 대장은 돌아오지 않았다. 대신 키가 큰 미국인이 마음대로 벙커 주변을 돌아다녔다. 자신을 특수시설 건축가라고 소개했는데, 어깨에 끈이 달린 파란 색 작업복에 여러개의 연장통을 들고 다니는 것 말고는 특별한 게 없어 보였다. 그의 전문 분야는 감옥 디자인이고, 필라델피아 감옥을 디자인했다고 자랑했다. 그는 전 세계 유명한 감옥의 디자인과 설계와 보수를 해온, 특이한 경력의 건축가라고 자신을 홍보했다. 그런데 왜 왔을까. 생긴 게 너무 이상해서 별별 생각을 다 하게 만드는 사람이었다. 감옥을 만들어 몸에 칩을 넣은 사람들을 가두려는 계획이 실행 중이라는 소문도 들렸다. 우리는 지진 피해 지역에 사는, 오염된 지역에 사는, 오염된 물과 오염된 흙처럼 오염된 사람들이었다. 남쪽 해안에서 먼 이름도 없는 작은 섬에, 부림지구에서 살아남은 사람들을 모두 데려가 감금시키려는 계획이 있다는 말도 들려왔다. 어쨌든 그가 설계한 감옥에는 여성 전용 시설은 물론 기도실과 죽음을 기다리는 방, 동물과 대화하며 놀아주는 방, 심지어 안락사를 행하는 방도 있다고 했다. 감옥에 살아도 천국에 사는 것처럼. 그것이 그의 건축 모토라고.

"필라델피아? 옛날에 우리가 잘 가던 고깃집 이름이 필라델피아였는데."

누군가가 말했다.

"아, 고기 먹고 싶다!"

고기라니, 정말이지 고기 맛이 어땠는지 전혀 생각나지 않았다.

나쁜 소문을 들은 날 밤이면 벙커 개폐구를 활짝 열고 눅눅한 대기 속으로 몸을 내밀었다. 그러곤 달빛에만 의

지해 부림지구를 찾았다. 제철단지에서 아무런 소리도 들려오지 않는 것이 이상했다. 성을 잃은 공주처럼, 옷도 못입고 쫓겨난 성주처럼 우뚝 솟은 검은 용광로를 보며 나는 알 수 없는 말들을 중얼거렸다. 호기롭게 혼자 걸어서 부림지구에 다녀오기에는 너무 늙어버렸는지도 몰랐다. 어두워서 아무것도 보이지 않았고 개들에게 물어뜯길까 두려웠다. 한밤중에 헬리콥터가 지나가고 하늘 위에서 흰종이가 떨어져 내렸다. 아침마다 우리는 손가락 길이만한 흰 종이에 적힌 광고부터 읽어야 했다.

안전하게 N시까지 이주시켜드립니다. 현찰 우대, 귀금속 우대, 금니 우대.

붓펜 같은 것으로 쓴 삐뚤빼뚤한 손글씨였다. 나는 그걸 몇장 들고 벙커 안으로 들어가 벽에 붙였다. 대장이 돌아오면 보여주고 싶었다. 그는 뭐, 그걸 봐도 또 태연한 얼굴로 말없이 콧구멍을 후비거나 종아리만 긁적거릴 게 뻔했다.

　나는 대장이 알려준 것들을 잊지 않고 기억하려고 애썼다. 온 우주가 우리를 벙커 바깥으로, 안전한 지대 바깥으로 자꾸 몰아갔다. 동물로 위장하는 것도 방법이지만, 철 구조물 안에 숨는 것도 방법일 것 같았다. 곳곳에 버려진, 철과 철 사이의 공간을 활용해 한명 혹은 두명이 함께 숨는 방법이었다. 그러다 큰 지진이 나서 그대로 철과 함께 땅속에 파묻히면 할 수 없고. 철은 무너지지 않을 테니 철 구조물 속에서 공간만 확보한다면 문제가 없을 것 같기도 했다. 이런저런 상상을 하느라 하루 24시간이 모자랄 정도였다. 대장이 말한 것처럼 어느 날 갑자기 하늘에서 잘 만들어진 튼튼한 구조물 하나가 내려오고, 우리 모두 그 안으로 들어가 안전한 곳으로 옮겨져 잘 산다든가 하는, 말도 안 되는 가능성을 꿈꾸었다. 그나마 남아 있는 집들이 무너져 땅에 묻혀버리고, 벙커마저 여진으로 흔들린다면 우린 더이상 숨어 있을 수도 없다. 벙커는 나에게 마지막 장소다. 나는 벙커를 통째로 삼킬 듯 벙커의 눅눅한 공기를 마음껏 들이마신다. 이젠 벙커 특유의 무거운 공기까지도 더할 수 없이 익숙하고 편안하다.

벙커 지붕 위로 빗줄기가 떨어졌다. 얼굴을 내밀고 빗물을 받아먹고 싶었다. 흙먼지에 오염된 부림지구가 빗물에 씻겨 사방이 맑아졌으면 싶었다. 대장은 늘 빗물을 받을 커다란 통을 구해야 한다고 했다. 그가 돌아오기 전에 벙커 뒤쪽 어딘가에 빗물통 여러개를 놓아두어야겠다. 빗물을 받아두고 사용할 수 있다면 훨씬 쾌적할 것이다. 아무 때나 씻고 마음껏 물을 뒤집어쓰는 삶, 물을 마음껏 이용하는 삶이 미치게 그리웠다. 하지만 시간이 흐를수록 대장이 우리를 배신했을 수도 있다는 생각이 들었고, 그런 생각을 하면 몸이 떨렸다. 그걸 배신이라고는 할 수 있나. 대장에게 어떤 일이 일어났는지 전혀 알 수 없는데. 그리고 빗물통은 대체 어디서 구한단 말인가!

동식이 멍한 얼굴로 벙커 안을 돌아다녔다. 그는 머리맡에 걸어둔 양근의 청바지를 손에 쥔 채 침낭에 주저앉아 멍하니 바닥만 내려다봤다. 그러다 어느 순간부터 아주 빠르게 양근이 쓰던 모든 물건을, 아주 작은 것까지도 모두 비닐에 옮겨 담았다. 물건이 손에 닿을 때마다 동식의 몸이 무너져내릴 듯 흔들렸다. 나는 동식에게 다가가 어깨에 손을 올렸다.

"괜찮아요?"

동식은 잠깐 멈추고 나를 보았다.

"동식씨가 우리 중에 제일 행복한 사람인 거 알죠?"

내가 그렇게 말하고 있을 때 최기자가 다가왔다.

"양근, 그 사람은 안 돌아와요. 나한테 N시 상황을 자세히 물어봤어요. 벙커에서 사는 게 지겹다고…… 답답하고 역겨운, 썩은 시궁창 냄새가 난다며 N시에 가서 새출발하고 싶다고 했어요."

동식은 바닥을 향해 머리를 툭 떨어뜨렸다. 나도 울고 싶었다. 나도 그리운 사람이 있다. 오늘따라 벌레는 왜 이렇게 많은지, 온갖 벌레들이 팔등 위로 얼굴로 계속 몰려들어 슬픔을 고요히 즐길 겨를도 없었다.

여자 노인의 증세가 좋지 않았다. 벙커 사람들은 남자

노인이 부인을 데리고 좀더 안전한 다른 곳으로 이동하기를 권했지만 두 사람 다 완강했다. 솔직히 그들을 보낼 더 안전한 장소는 어디에도 없었다.

"우리를 이대로 내버려두세요. 우린 여기가 좋아요. 여기가 천국입니다. 좋은 분들도 같이 있구요. 여기서는 아무 문제도 없습니다."

노인들은 전에 비해 몸이 아주 작게 오그라들어 보였다. 두 사람은 한 침대에 태아처럼 몸을 웅크린 채 누워 같은 허공을 올려다보고 있었다. 남자 노인은 그 상태에서 아내에게 성경 구절을 읊어주며 기도했다. 정수가 카메라를 들고 노인 부부에게 다가갔다. 그녀는 두 노인에게 맞춰 몸을 낮추고 카메라 렌즈를 보았다. 그때 남자 노인이 말했다.

"정수씨, 제 얘기 좀 들어보실래요. 사실은 우리 아들이 이곳에서 죽었어요. 겨우 서른다섯살이었는데, 우리 아이는 폐쇄된 제철단지에 미술관을 만들려는 프로젝트팀에 끼어 출장을 오던 길이었죠. 우리는 평생 그 일을 잊지 못해요. 죽어도 못 잊어요. 우리는 아들이 눈을 감은 곳에 왔다가 지진을 만났어요. 지진은 우리 아들이 우리를 부르는 인사인지도 모르잖아요. 아침에 일어나는 게 두려웠습니다. 눈을 뜨는 순간부터 잠들 때까지 아들 생각만 하니까요. 우리는 평생 죄인입니다."

남자 노인의 말은 그렇게 툭 끊기고 이내 잠이 든 듯 고요해졌다.

잠을 자보려고 노력하고 또 노력했다. 누군가가 계속해서 벙커 탐색을 하고 있는 게 틀림없었다. 수백만명의 사람이 벙커 위 편편한 지대에 모여 온 힘을 다해 벙커를 짓누르는 것 같았다. 무슨 상상을 해도 불안감은 가시지 않았다. 다시 잠을 청하고 또 깨어나고. 시간이 가면서 쇠막대기로 쿡쿡 찌르고 센서가 달린 기계로 벙커 지붕을 계속 두드리는 소리가 들렸다. 땅속 끝까지라도 파고 내려올 것 같은 기세였다. 침낭에 모로 누웠다. 지진의 모든 고통이 다시 살아나면서 몸이 흔들렸다. 후후, 후후 하고 숨을 계속 내쉬지 않으면 앉아 있는 것조차도 불가능했다.

내 침낭 옆, 버스 손잡이에 토끼처럼 기괴한 모양으로 걸어둔 정맥류 스타킹 두짝을 내렸다. 이제 더는 벙커에서 살기 어려울지도 모른다는 생각이 들었다. 어느 순간 빗소리가 멈췄고 나는 마음의 준비를 했다.

"곧 사람 여럿이 몰려오는 발짝 소리가 들릴 거야. 그럼 꼼짝없이 잡히는 거지. 지금 바깥에 방역복을 입은 사람들이 왔어. 몸에 칩을 넣으려고 우리를 어딘가로 끌고 가려고 하잖아."

혜나의 연기가 진짜처럼 들렸다. 순간 모두 자신의 침낭을 몸 깊숙이 끌어안았다. 그 상태로 꽤 긴 시간이 흘러 졸다 깨다, 여러차례 왔다 갔다 했다. 혜나가 난감한 표정으로 자기 침낭을 내려다보며 앉아 있었다.

"호주 지도처럼 생겼네요."

혜나는 자기가 한 짓을 보고 웃었다. 자다가 오줌을 싼 것이다. 젖은 침낭을 수건으로 눌러 닦은 뒤 혜나가 옷을 갈아입게 도와주었다. 그러고 나서 어릴 때 친구 집에 놀러 갔다 잠이 들어 나도 모르게 이불 위에 실수를 했던 일을 말해주었다. 온 세상 사람들이 내가 한 일을 알고 있을 것 같았던 그날! 혜나는 안심했고 더는 창피해하지 않았다.

　사방이 고요해진 후 나는 특수 안경을 쓰고 부림지구를 내다봤다. 시야는 뿌연 초록색이었고 해초 같은 것들이 마구 떠다니는 지저분한 바닷속처럼 보였다. 그럼에도 부림지구의 제철단지가 한눈에 보였다. 이제 더는 불안하지 않았다.

생각해보면 부림지구는 남자들의 땅이었다. 아버지가 처음부터 제철단지에서 일을 한 건 아니었다. 아버지는 먼저 압연공장에서 일했다. 압연공장 일은 아버지에게 좀 지루했다. 부림지구의 제철단지 좌측의 끝, 방사성 모양으로 퍼지던 단지 맨 끝에 붙은 중소 규모의 압연공장에서 바닥 청소부터 시작했다. 곧 꽤 두꺼운 쇠떡을 오랜 시간 가열한 뒤 물로 식혀 돌돌 만 형태로 완제품을 만드는 것도 배웠다. 아버지는 거기서 어깨가 건장하고 폐가 튼튼한 청년이 되어갔다. 부림지구에 있다는 것만으로도 힘이 솟았다. 맡으면 목이 타들어가는 것 같았던 담배 냄새, 구멍 난 러닝셔츠, 이음새가 터진 갈색 슬리퍼, 알코올 냄새, 압

연기 엔진 소리. 하루종일 그런 것들에 둘러싸여 일했다.

압연공장을 그만둔 뒤 아버지는 작은 제철소로 옮겼다. 가까이에서 보는 용접 불꽃은 신기했다. 쇠쇠 소리가 나면서, 용접하는 사람들이 들고 있는 긴 끈 같은 용접봉에서 파란 불꽃이 치솟았다. 쇠쇠, 쇠쇠, 쇠쇠쇠 소리가 계속 들렸다. 용접하는 사람들의 마스크에 흰 불꽃이 마구 튀었다. 가까이 다가가서 용접공들의 얼굴을 들여다보면 사람을 미치게 만드는 예쁜 파란색 불꽃에 상체가 완전히 휩싸여 있었다. 옆에서 보고 있으면 그들의 얼굴에 불꽃이 튀어 얼굴이 녹아버릴까 잔뜩 겁을 집어먹게 되었다. 쇠쇠 소리를 들으며 용접공의 얼굴이 타지 않을까, 자꾸만 더 가까이 고개를 들이밀게 되었다. 이상한 빛이 계속 뿜어져 나왔다. 빛이 조각나고 더 조각난 뒤 용해되었다. 삼키면 폐가 온통 타버릴 것 같은 회색 탄화칼슘 냄새가 나면서 이상하게도 갈증이 났다. 회색덩어리인 카바이드 냄새, 용접기 끝에서 세차게 뿜어 나오던 불꽃, 공기를 가르는 단단한 망치 소리. 용접은 정말 이상한 작업이었다. 용접 불꽃을 보고 있으면 자꾸만 그 속으로 머리를 밀어넣게 되었다. 아버지는 용접 불꽃에 반했다.

그즈음, 제철단지에서 큰 사고가 생겼다. 어쩌면 부림지구가 세상의 주목을 받은 최초의 사건이었는지도 모른다. 자루에 든 시체가 용광로 화덕 앞에서 발견되었다. 1,500도나 되는 뜨겁다는 말로는 부족한 고로(高爐)에 시체를 넣었다면 어떻게 되었을까. 불행인지 다행인지 완벽할 뻔했던 시체 유기는 미수에 그치고 말았다. 법인이 잡히고 아버지는 그 범인 대신 제철단지에 취직했다.

용접기 끝에서 미친 듯이 뿜어져 나오는 불꽃, 공기를 가르는 망치 소리, 단단하고 차가운 질감의 철이 넘쳐나는 곳에서 아버지는 전문 용접 기술을 마음껏 배우고 실습해보았다. 자부심이 생겼고, 아무것도 걱정하거나 의심하지 않았다. 덩치가 큰 구조물일수록 바깥에서 작업할 때가 많았는데, 날씨가 더울 때는 얼굴이 다 타고, 날씨가 찰 때는 손끝이 조개껍데기처럼 얼었다. 배가 고파 뱃가죽이 등에 붙어야 일을 멈췄다. 아버지는 입사한 지 채

1년도 되지 않아 용접 기술을 인정받았다. 밥 먹는 시간도 아까워 누구보다 가장 빨리 먹고 조립부서로 돌아가 다시 용접을 시작했다. 동료들은 점심시간에라도 좀 쉬자며, 일을 못 하게 아버지를 말렸다.

아버지는 자면서도 일했다. 작은 철들을 이어 붙이고, 거기에 또 빔을 붙이고, 배관을 만들고. 그렇게 하면 철이 새로운 모습이 되어 아버지 앞에 굳건히 섰다. 학교도 다니지 못하고 한글도 겨우 뗐지만, 뭔가를 만드는, 창조하는 사람이라는 느낌은 어깨를 으쓱하게 만들었다. 어떤 때는 아침 7시에 출근해 다음 날 밤 10시에 퇴근한 적도 있었다. 내가 본 아버지는 용접과 한 몸이었다.

다시 생각해봐도 부림지구는 남자들의 땅이었다.

그렇게 말할 수밖에 없다. 늘 남자들로 북적거렸고 그들의 몸에서는 제철단지에서 나는 쇳내가 났다. 부림지구의 땅바닥은 검은 기름과 기름띠의 무늬가 서로 얽혀 신비로웠다. 내가 기억하는 아버지의 모습 중 특이한 장면이 하나 있다. 아버지는 제철단지에 들어가면 사람이 아닌 철과 얘기를 나눴다. 뭐가 들었는지 알 수 없는 거대한 크기의 사일로를 올려다보며 사람과 대화하듯 중얼거렸다. 용접으로 작은 철조각을 이어 붙일 때는 생명을 다루듯 조심스러웠고, 철 마디마디에 흰 색깔 초크로 메모를 적을 때는 사람의 몸에 기록하는 것처럼 했다.

부림지구가 시시한 곳이 되면서 많은 사람이 떠났지만 아버지는 그때 함께 일하던 청년들을 데리고 소규모 제철소를 냈다. 청년들의 나이는 어렸고, 부모에게 버려졌거나 학교에서 떨어져 나왔거나 일찍부터 집을 나온 사람들이었다. 인력이 달리는 제철소에서는 그때부터 비숙련공도 채용하기 시작했고 간간이 일찍 들어온 동남아 노동자도 몇명 있었다. 제철단지가 쇠퇴하리라고는 아무도 상상하지 못했지만 변화는 찾아왔고, 그때만 해도 제철단지는 아직 멈추지 않고 가동되고 있었다.

아버지와 가까웠던 친구는 제철단지가 쇠퇴해가는 데 충격을 받은 아버지가 자살했을 거라고 말했다. 하지만 난 아버지가 그랬을 거라고 생각하지 않는다. 그렇다면 아버지는 도대체 왜 그렇게 죽어버린 걸까.

　아버지가 죽고 1년이 지났을 때, 스물넷의 나는 무작정 N시로 갔다. 아무 의미도 없는 도시 빈민의 삶이 계속 이어졌다. 나는 극장에서 표를 팔거나 청소를 했다. 얼굴에 여드름 자국이 있던 극장관리자와 연애도 했다. 어떤 날은 그와 여관에 들어갔는데, 그가 내 월급봉투를 훔쳐갈까봐 장판 아래 숨겨둔 채 잠을 잤다. 나는 돈만 밝히는 사람일까. 아니, 어쩌면 난 무성애자인지도 모른다. 누군가를 좋아해서 정신이 나간 사람들처럼 몸을 맞대고 매일같이 있는 사람들이 신기할 따름이었다.
　연애고 뭐고, 극장에서 일을 하다가도 나는 아무 이유도 없이 멍청해지곤 했는데 그건 다 철 때문이었다. 처음엔 내가 철을 그리워하는지조차도 몰랐다. 모든 사람이 집으로 돌아가는 시간에 나는 철을 찾아서 도시 구석구석을 돌아다녔다. 도시 메인 구역의 복잡한 식당가 뒷골목에서 철제 사다리를 찾았을 때였다. 녹슨 정도도 적당했고 상태도 깨끗했다. 나는 혀를 내밀어 철제 난간 한곳에 오래 밀착한 채, 한동안 서 있었다. 파상풍 따위는 걱정도 안 했다. 상큼한 냄새와 축축한 느낌이 뇌로 전달되었다. 철을 빨아 먹고 나서야 안정을 되찾았다.

대도시에서 더는 버틸 수 없었다. 도시는 점점 더 크고 화려하게 외양을 치장하고 쭉쭉 뻗어 올라갔지만 그곳엔 내가 있을 곳이, 마음을 둘 곳이 조각보만큼도 없었다. 높은 곳에 올라가 내려다보는 도시도, 낮은 곳에서 올려다 보는 도시도 어느 한곳 헐렁한 곳이라고는 없이 꽉 차 보였다. 도시가 나한테 말했다. 도시에 있지 마라. 도시에서는 불행하고 가난했다. 그래서 부림지구로 돌아오는 길을 택했고 그 이후로 나는 줄곧 부림지구에서 살았다.

다시 돌아왔을 때, 나는 제철단지를 가장 먼저 찾았다.

제철단지는 무성한 녹색 숲에 가려져 왠지 낯설었다. 제철단지를 둘러싼 숲에는 웃자란 풀이 무성했다. 파쇄 쓰레기 천지였고, 버려진 자동차들은 네발 달린 괴물들처럼 보여 조금 무서웠다. 커다란 나무 꼭대기에서 새들이 지저귀는 소리가 들렸는데, 그 소리를 제외하고는 주변이 몹시 고요해서 내 발소리조차 크게 들렸다. 가동을 멈춘 지 오래된 제철단지는 심지어 평화롭기까지 했다. 제철단지 앞까지 가까이 가자, 말라 죽은 나무 색깔의 용광로와 그 아래를 받치고 있는 검은 웅덩이가 보였다. 산화되어 색이 변한 산호색 비닐이 발에 밟혔다. 비닐 위쪽 색깔은 온통 붉었다. 한참을 서 있었더니 내 신발 밑창도 신발도 붉게 물들었다. 검은 물웅덩이 위로 돌을 던졌다. 파문이 일었고, 다시 원래 모양으로 되돌아올 때까지 나는 그 자리에 서서 기다렸다. 붉은 물이 흰 양말의 발등을 물들일 때까지 나는 가만히 서 있었다. 부식 천지인 제철단지 건물들을 하나씩 다 만져보고 싶었다. 나는 철을 만지는 걸 좋아했다. 그때 제철소에서 일하던 사람들이 일을 끝내고 수건을 목에 건 채 밀려 나올 것처럼 주변이 갑자기 소란스러워졌다. 환청인지도 몰랐다. 도대체 제철단지에서 일하던 그 많은 사람은 다 어디로 갔을까.

1년 후, 부림지구 폐쇄 공지가 났다. 오히려 폐쇄한다는 발표가 난 뒤 오래전에 떠났던 사람들이 띄엄띄엄 돌아왔다. 몇년 뒤에는 또다시 부림지구 재개발계획 발표가 이어졌다. 아예 제철단지를 없애고 터를 재조성해 화학단지로 만들겠다고 했다. 공장을 운영하는 사람들이 마음 놓고 공장을 돌리게, 오염이든 뭐든 다 합법화해주려는 조치라며 주민들의 반대가 심했다. 사람들은 뭔가 발표가 날 때마다 이리로 갔다가 저리로 갔다가, 왔다 갔다 했다. 폐쇄구역을 재개발하겠다는 건 좋은 소식일 수도 있었다. 몇사람이 부동산 사무실에 모여 앉아 옥수숫대를 씹으며 텔레비전으로 뉴스를 지켜봤다. 화면에 옛날 다큐멘터리 필름이 나왔다. 조악한 흑백 영상 위로 선전가요가 흘러나오는 가운데 부림지구 조성을 위한 기공식이 열리고 있었다. 사람들은 실눈을 뜬 채 입꼬리를 올리고 사진을 찍었다. 많은 사람이 무채색의, 불편해 보이는 한복 차림이었다.

다음 화면에는 과거로 건너뛰어 부림지구의 전성기가 펼쳐졌다. 수입한 철광석을 실은 기차가 부림지구로 들어왔다. 붉은 가루가 저 멀리 있는 산 높이보다 훨씬 높게 쌓여 있었다. 철가루들은 온종일 기관차놀이를 하듯 끊임없이 이어진 배선을 따라 이동하면서 광석과 분리되었다. 그런 뒤 용광로로 들어갔다. 용광로 아래에서는 석탄을 태웠다. 철이 녹아 쇳물이 될 때까지, 쇳물이 쇠가 될 때까지, 일정한 모양의 롤 사이로 뜨거운 쇳물을 계속해서 부어내려갔다. 절대로 부러지지 않는 강철이 될 때까지, 두껍고 넓적한 모양, 굵은 막대 모양, 가늘고 긴 막대 모양 등으로 쇠는 다시 태어났다.

화면이 갑자기 부림타운으로 넘어갔다. 타락한 유흥지구라는 자막이 흐르고, 부림지구 제철소 노동자들이 데모를 하는 장면이 보이더니 이어서 바로 지금, 내가 살고 있는 망가진 부림지구 모습이 천천히 흘러갔다. 부림지구는 버려진 성처럼 짙은 어둠을 왕창 안고 병든 나무숲처럼 서 있었다. 높은 망루와 제철단지의 메인 건물, 주변을 둘러싼 무성한 숲, 숲을 따라 방사성 모양으로 흩어진 파쇠더미들과 버려진 제련도구들, 무섭게 변한 땅색까지. 부림지구는 작은 텔레비전 화면 속에서마저 썩고 낡은 곳으로 비쳤다.

제철단지로 가는 길이라면 나는 눈을 감고도 찾을 수 있다. 천천히 걷는 동안 섹시하게 생긴 까마귀가 날아와 거의 내 옆에서 나란히 걸었다. 저만치 녹슨 제철단지가 보였다. 까마귀와 나는 울퉁불퉁한 길을 뒤뚱뒤뚱 걸었다. 버린 자동차, 파쇠더미, 길게 누워 썩고 있는 강철 빔들, 그리고 쇳내가 강하게 진동했다. 길은 전자제품 폐기물처리장으로 변해 사람 몇이 길에 모여 앉아 전자제품을 해체하고 있었다. 뭐니 뭐니 해도 휴대폰이 최고 인기 상품이었다. 한 외국 여자가 피곤에 찌든 얼굴로 피켓을 들고 있었다.

중고 휴대폰 한개를 사면, 동시에 인생의 고통 20퍼센트 오프 가능!

한글로 그렇게 적혀 있었다. 우리가 지나갈 때 여자가 입담배를 말며 말했다.

"기회를 놓치지 마세요, 부림지구 시민 여러분!"

검은색 레이스 치마를 입은 혜나가 저만치 앞서서 걸었다. 그다음은 나, 그 뒤로는 개 몇마리가 우리를 따라왔다. 우리는 계속 걸었다. 혜나가 제철단지 입구를 빠져나가면서부터 자꾸 기침을 했다. 작업복 주머니에서 마스크를 꺼내 혜나의 입에 해주었다. 혜나는 마스크 끈을 잡아당겨 헐겁게 한 뒤 다시 귀에 걸었다. 한참을 가다가 우리는 개의 입에도 마스크를 해주었다. 먼지가 많아 개도 고통스러워 보였다. 개는 마스크를 다 할 때까지 가만히 나를 올려다봤다.

제철단지 입구의 출입문은 금세라도 종이짝처럼 떨어질 듯 너덜거려서 아무나 들어갈 수 있었다. 경비원이 서있고 철저하게 검문을 하던 제철단지는 상상이 안 될 정도였다. 마당 군데군데 파인 검은 웅덩이는 거울처럼 검게 반들거렸다. 웅덩이에 비친 내 얼굴은 늙은 호박처럼 동그랗게 퍼져 보였다. 나는 웅덩이를 보며 씨익 웃었다. 아버지가 했던 말이 떠올랐다.

"난 왜 철이 좋았는지 모르겠다. 여기만 오면 좋았어."

제철소 건물 한개 동 앞 공터는 온통 검게 그늘져 있었다. 공터는 제철단지 건물의 그림자에서 평생 벗어나기 어려울 것이다. 부림지구에서 벗어나지 못하는 나처럼 말이다. 가까운 곳에서 개 짖는 소리가 들려왔다. 그리고 공장 본체 뒤편에서 살점이라고는 없는 또다른 커다란 개 몇마리가 튀어나왔다가 다시 어두운 제철소 건물 뒤로 달려갔다.

"아줌마 저 개들, 사람들이 잡아먹겠죠?"

혜나의 물음에 나는 단호히 고개를 저었다.

"지금까지 구해준 개들 먹은 적 있니? 없지? 우린 천박하지 않아. 그리고 난 원래 개고기는 먹지 않는다."

미래의 연극배우는 그제야 안심했다. 어릴 때 부림지구 사람들은 누구나 미친 듯이 개를 먹어댔다. 나는 도저히 참을 수 없어서 개고기를 먹는 아버지의 어깨를 때리고 꼬집은 적도 많았다.

"약속해요. 절대로 잡아먹지 않는다고!"

뭐든 약속해라, 지켜라, 정말 지겨운 애였지만 어쩔 수 없었다. 혜나는 우리 쪽으로 온 낯선 개와 입을 맞추고 마스크를 해주었다. 들썩거리며 불안해하던 개는 금세 온순해졌다.

제철단지는 군데군데 이가 빠진 듯, 훼손이 심했다. 그러나 지진이 아니라 그보다 더 무서운 것이 와도 끝까지 무너지지 않을 것이 틀림없다. 망가진 건 부림지구가 아니고 인간들뿐이라고 생각하기로 했다. 내 몸이 가루가 되어 제철단지 담벼락에, 웅덩이에, 공기 중에 마구 흩어지고 나뭇잎에 붙어버리는 상상을 했다. 그냥 가루가 되어버리고 싶었다.

저만치 제철소 앞에서 누군가가 걸어오는 것이 보였다. 미세먼지 때문에 처음에는 잘 보이지 않았다. 먼저 두 다리가 보이고, 그다음엔 허리가 보이고, 늘 입었던 빛바랜 회색 작업복이 보였다. 아버지는 나를 보고 수줍게 웃고 있었다. 제철단지 옆 위판장 앞에 누워 죽은 아버지를 처음 봤을 때 느꼈던 공포감은 살아 있는 아버지를 보자 사라졌다. 아버지는 다시 살아났고 우리는 함께 건물에 기대앉았다. 아버지는 죽었을 때 모습 그대로여서 이제는 나와 나이가 비슷했다. 아버지한테 청혼이라도 하고 싶었다. 내 가슴이 뛰는 소리가 들려왔는데 커다란 말 한마리가 뛰는 것처럼 크게 들렸다. 검은 구름이 뭉텅이진 채로 이쪽을 향해 잔뜩 몰려오고 있었다. 나는 그것이 아버지를 환영하는 좋은 의미의 움직임이라고 생각했다.

아버지가 그렇게 이상하게 죽었기 때문에, 나는 그 죽음의 이유를 알아야 했는데, 제철단지 사람들 그 누구도 나를 도와주지 않았다. 아버지가 죽은 후에도 쉼 없이 쇳덩이들이 생산되어 대도시로 실려 나갔다. 나는 제철단지 주변을 사계절 내내 뱅글뱅글 돌다가 N시로 떠나버렸다. 그러고 나서 엄마가 아프기 시작했다. 엄마는 믿을 수 없을 만큼 빠른 속도로 쇠약해졌고 손도 쓸 수 없이 빠르게 죽음 속으로 미끄러져 들어갔다. 내게는 이미 그것이 재난이었고 내 삶은 그게 다였다.

아버지의 유품이라고는 늘 입던 작업복 몇벌과 그때부터 막 쓰기 시작한 돋보기, 작업복 윗주머니에 넣고 다니던 푸른 줄이 그려진 수첩 몇개가 다였다. 수첩에는 고향, 노래, 희망, 또 고향 따위의 평범한 글자들이 적혀 있었다. 죽음을 말해줄 어떤 단서도 들어 있지 않았다. 아버지는 그때보다는 다소 희고, 가만히 있는데도 몸에서 마른 갈대숲 같은 곳에서 나는 소리가 났다.

"왜 그랬는지 말해줄 수 있어요?"

아버지는 대답하지 않았다. 그 순간 제철소 안쪽에서 뭔가 무너져내리는 소리가 들렸다.

"너도 많이 늙었네."

아버지가 말했다.

이건 순전히 나의 상상이고 희망이다. 아버지는 위판장 앞에 쓰러진 채 그렇게 이상하게 죽지 않았고 아직도 나와 함께 부림지구에 살아 있다. 우리 엄마는 아프지도 않고 여장군처럼 튼튼해서 나와 아버지를 지키며 일주일에 한 번씩 우리에게 고기를 구워준다. 아버지와 나는 제철단지 앞을 산책 중이다. 제철단지 상황이 어렵긴 해도 노후연 금이 지급되리라는 기대가 있고, 아직 폐암이 전신을 삼켜 버릴 지경은 아니라서 그렇게 나쁘지 않다. 모든 게 최악 의 상황은 아니다. 물론 아버지는 평생 일을 해서 내장이 이미 너덜너덜해졌지만 아직은 괜찮은 상태다. 평생을 시 달린 위염 때문에 위는 작은 꽈리처럼 쪼그라들었고 용접 불꽃이 들어간 고막은 몇년 전에 터져버렸다. 그래도 아 버지는 아직 맑은 눈으로 제철단지를 올려다볼 수 있다.

"저기 저 건물 안에 조립부가 있었는데, 난 하청 업체에 서 일을 아주 잘해서 바로 저기서 근무했어. 일등으로 뽑 혀 갔지. 처음엔 철판을 나르는 일만 하기도 벅찼어. 바닥 에 깔린 그득한 철판을 다 우리가 날랐어. 열두시간 근무 에 퇴근 시간이 지나면 잔업이 또 있었지. 밤에는 몸이 저 리고 아파서 견딜 수가 없을 정도로 지독하게 일했지. 허 리가 아픈 줄도 모르고 종일 했어. 저기 한 천명은 있었나.

어마어마하게 많았지."

늙은 김만수 씨가 감상에 빠진 얼굴로 말한다.

"하루종일 용접을 하다보면 시간이 얼마나 갔는지, 눈이 오는지 비가 오는지도 몰랐지. 용접봉에서 쇳물이 흐르고 불똥이 튀고, 다들 미친놈처럼 날뛰던 때라. 난 그냥 시키는 대로 열심히 했어."

아버지가 기침을 하는 순간 수만수천개의 용접 불똥이 아버지의 머리통 위로 일제히 쏟아져내린다. 뜨겁지도 않고 차갑지도 않다. 불똥은 아버지의 코로 눈으로 입으로 마구 들어간다. 피부를 통과해서 몸 안으로도 들어간다. 아버지는 입을 더 크게 벌리고 불똥을 마구 삼킨다.

부림지구가 가장 빛나던 시절, 늘 입매가 굳게 닫혀 있던 키 작은 대통령이 제철단지를 방문하고 제철단지 사람들이 모두 나와 단체사진 촬영을 하던 날도 있었다. 아버지는 기침을 하면서 그날 얘기를 한다.

"그때는 좋았어. 내가 죽으면 쇳가루가 제일 많이 날아오는 선로 옆 야산에 묻어라."

265

나도 기차에 실린 철광석가루가 바로 올라오는 산언덕이 좋겠다고 아버지를 달랜다. 용광로에서 끓고 있는 꽃무늬의 쇳물을 봤던 때를 잊지 못한다. 맨드라미 꽃잎이 잔뜩 올려진 채로 끓는 철. 그 꽃무늬와 아버지의 얼굴이 겹쳐 보였다. 손을 넣어 아버지의 얼굴을 만지려고 하는 순간 내 손은 녹아버렸다. 내화벽돌로 둘러쳐진 용광로 안은 실제로 들여다본 적은 없지만 내 기억 안에서만큼은 늘 생생하다.

부림지구에도 봄이 올까. 봄은커녕 아직 겨울도 오지 않았다. 지진에서 살아남은 아이들이 제철단지 앞 공터에서 소리를 지르며 축구를 한다. 어른들은 쓰레기 고철을 주워 어깨에 걸친 망 안에 넣는다. 아이들은 높다란 용광로 주변을 돌며 쉼 없이 축구를 했다. 공을 차고 또 차며 빠르고 신나게 달렸다. 축구라니, 축구를 하는 아이들이라니. 다시 보니 아무도 없다.

나는 제철단지 앞마당에서 검은 호수 표면처럼 생긴 검

은 웅덩이를 내려다본다. 늘 웅덩이에 뺨이 처박혔고 웅덩이에 지배당했다. 아버지가 그렇게 죽지 않았다면, 엄마가 암으로 죽지 않았다면, 지진이 나지 않았다면 괜찮았을까. 그러나 어디, 죽지 않고 사라지지 않고 끝까지 남는 게 있기는 한가. 나는 이곳 부림지구에서 켜켜이 썩어갈 것이다.

아버지가 막 웅덩이를 가로질러 걸어가고 있다. 웃지도 울지도 않는 얼굴로, 묵묵하고 담담하게 싯누런 청동색의 거대한 가스 파이프 옆을 지나간다. 아버지는 사일로 외부 계단을 타고 구조물에 올라가 거대한 구조물의 일부를 손으로 쓰다듬는다. 아버지에게는 철과 부림지구가 다였다. 아버지를 손으로 만질 수는 없지만 오염된 땅, 이곳에 뿌린 아버지의 몸은 느낄 수 있다. 그는 죽었다. 그런데 왜 과거는 늘 현재보다 더 뚜렷한 걸까.

벙커 생활이 얼마나 더 지속될지는 알 수 없었다. 아무도 찾아오지 않았고 아무도 죽지 않았다. 벙커는 다가올 겨울을 대비하느라 작게 오그라들며 이따금씩 몸체가 뒤틀리는 소리를 냈다. 버스 실내의 벽을 타고 내려오는 투명한 물방울이 더 많아지고 차가워졌다. 침낭과 침구는 세탁을 하지 못한 채 오래 사용해 나일론 껍질만 남은 것처럼 홀쭉해졌다.

대장이 없어 힘들었지만 사실은 그가 돌아오지 않을 거라고 체념한 지는 오래였다. 기대는 하지 않지만 봄이 오면 대장도 돌아오고, 그와 함께 예전의 일상으로 돌아가게 될 거라고 생각하기로 했다. 기력을 되찾아야 하는데 하루종일 멍하니 앉아만 있었다. 그러다 나 자신이 바보 같다는 생각이 들면 대장이 남겨두고 간 두툼한 노트를 가끔 펼쳐보았다. 실제로 몸을 움직여 뭔가를 할 엄두는 나지 않았지만 그가 적은 글자를 보고 있으면 불안함이 조금씩 없어졌다.

통밀은 30년이 지나도 썩지 않는다. 귀리는 최소한 5년 정도는 보관할 수 있다. 올리브유나 분유, 완두콩이나 동결건조식품을 구해야 한다. 저장 기간이 긴 땅콩버터도 있다면 구해야 한다. 제일 중요한 건 소금 구하기! 가톨릭 신자용 병초도 더 많이 필요. 봄에는 냉이, 달래, 꽃따지, 민들레 순으로 채취. 수은 성분이 있어 자연 치유력이 높고 염증 치료에 좋은 쇠비름 풀, 채취가 가능할지 모르지만.

가을이 지나고 초겨울 무렵, 쓰러진 고목이나 썩은 나무 둥치에서 상황버섯 따기. 뽕나무 상황, 개회 상황, 박달 상황, 자작나무편 상황 ─ 구분 어려움. 약해진 면역력 회복에 최고지만 육안으로 판별 가능할까 ─ 시력이 점점 더 나빠진다. 나무도 없는데 어디서 구한다?

제일 중요한 건 위생. 겨울에 부스럼과 피부 건선 증가. 화상 치료에 쓸 허브, 알로에 같은 것들 구하기. 천연 변비약도. 차아염소산 살균제도 필요. 눈에 염증이 날 것을 대비해 술도 필요. 술은 눈 소독제로 가장 좋으니까. 하지만 벙커 사람들이 다 마셔버리지 않도록 조심해서 보관. 땅에 묻어두는 것이 가장 좋음. 그리고 수면제 ─ 본인 것도 챙길 것.

대규모 출혈을 대비해 성인용 기저귀와 생리대도 더 많이. 밴드에이드도.

액체류를 무겁지 않게 운반하기 위한 20리터 크기의 통준비 ─ 더 큰 것은 혼자 들기 곤란.

태양에너지 활용 ─ 태양광 건조기 실험 ─ 널찍한 유리판때기 같은 나무판 찾아 쇠로 줄을 고정, 아귀가 맞게 붙인다. 여러개의 쇠줄 사이에 고기를 끼우고 볕이 잘 드는 곳에, 해를 정면으로 쬐도록 판을 놓기. 햇빛에 판이 뜨거워지면서 고기가 훈제되어 갈색으로 익는다. 지글지글 고기 파티도!

저절로 웃음이 나왔다. 대장은 도대체 무슨 생각으로 이런 걸 적어둔 건지, 이해하기 어려웠다. 귀리 같은 곡식, 민들레 꽃 같은 것들을 지진이 난 땅에서 얻을 수나 있나. 아마 불가능할 것이다. 부림지구에서 계속 살아가려면 몸이 가루가 되도록 움직여야 할지도 모른다. 직접 먹을 걸 구해야 하고 어쩌면 아버지처럼 용접을 배워야 할지도 모른다. 다시 올지도 모를 지진에 대비해 무엇보다 체력을 키워야 한다. 어느 순간엔 그 모든 일들이 다 귀찮게 느껴졌다가 또 어느 순간엔 다시 마음이 다급해졌다.

나는 밤마다 몰래 벙커 바깥으로 기어 나갔다가 들어왔다. 여전히 철 냄새를 맡고 싶어 참기가 어려웠다. 들어올 땐 벙커 개폐구 주변을 가능한 한 열기 쉽게 조정해두었다. 대장이 좀더 편하게 들어올 수 있게 해주고 싶어서였다.

옆 벙커 사람 몇이 방역복을 입은 사람들에게 강제로 끌려갔다는 소문이 들렸다. 외부에서 부림지구로 진입하는 도로를 차단했다는 소문도 들렸다. 대장이 있다면 정확한 정보를 얻을 수도 있을 텐데, 점점 더 불안해졌다. 불안감이 커져갈수록 벙커의 일상을 유지하려고 노력했다. 양식도 줄고, 전처럼 몇시부터 몇시까지 뭘 하고 또 다 같이 뭘 구하러 다니고, 뭔가를 나눠 먹고 자기 전에 카드놀이를 하는 그런 리듬은 없어졌지만 그래도 아직 살아 있다. 이 삶이 중단되지 않기를 바랄 뿐이다.

"다음 생에는 지진이 없는 장소에서 태어나게 해주세요. 또 안전한 집도 만들어주세요. 그리고 제가 연기할 무대를 만들어주세요. 저희 엄마도 만나게 해주세요."

혜나는 벙커 바닥에 동그란 깔개를 깔고 연극 연습을 했다. 그애는 지진을 당한 사람들을 연기하는 이재민 출신의 지진 전문 배우로 성장했다. 내가 보기에 혜나는 부림지구를 대표하는 월드 스타가 되고도 남았다. 혜나는 전 세계를 돌아다니며 부림지구에서 있었던 일을 알리고도 남을 사람이다.

나는 한밤중에도 잠들지 못하고 깨어 있었다. 대피소와 벙커에서 낙서하듯 썼던 일기장도 펼쳐 보았다. 페이지

갈피갈피마다 누런 흙먼지가 묻어 있고, 눈물과 침으로 얼룩진 곳도 보였다. 부림지구에 살 때도 나는 일기를 썼다. 대단한 비밀이 들어 있을 것 같은 내 일기장은 사실 그날 얼마를 쓰고 얼마를 벌었는지, 수입과 지출 내용을 기록한 너절한 가계부였다. 손님들이 잔돈을 가져가지 않아 공돈이 생기거나 할 때는 금액 앞에 별표를 해두었다. 벙커에서 쓴 일기장은 사실 벙커 사람들에게 직접적으로 말하지 못한 불만이나 비난을 적어놓은 것이 대부분이었다. 비교적 평화롭던 때의 일기장을 여는 것만으로도 모든 통증이 감소되는 듯한 느낌이 들었다.

발가락에 힘이 들어가고 온몸이 잔뜩 긴장하면서 시간이 갈수록 정신이 더 또렷해졌다. 잠에 들려고 노력하고 또 노력했다. 머리칼이 죄다 잡혀 땅밑으로 끌려 들어가는 꿈을 자주 꾸었는데, 꿈속에서 하는 몸놀림은 지극히 느려서 내 몸인데도 통제가 잘 안 됐다. 나만 그런 것이 아니라 다른 사람들도 뒤척이며 괴로워했다.

다들 깊은 잠에 빠져 있을 새벽 무렵에 일이 터졌다. 나

는 대장이 온 줄 알고 침대에서 벌떡 일어나 앉았다. 참을
수 없는 냄새가 벙커 안을 가득 채우고 있었다. 누군가가
벙커 문을 열고 긴 호스를 위쪽에서부터 집어넣어 뭔가를
뿌려놓은 것 같았다. 조금씩조금씩 퍼지는 냄새가 끔찍했
다. 냄새는 코에도 입에도 와 닿았다. 모두들 침대에서 일
어나 서로의 얼굴을 마주 보았다. 그러곤 점차 노인들에
게로 다가갔다. 그곳이 냄새의 진원지였다.

　여자 노인은 남자 노인의 팔에 안긴 채 숨을 멈췄다. 남
자 노인은 아내의 얼굴과 입술에 볼을 댄 채 조용히 울고
있었다. 그러다 간신히 얼굴을 치켜들고 우리를 한번씩
돌아보았다. 여자 노인의 어깨가 떨어질까, 한 손으로 어
깨를 잡고 한 손으로 머리를 받친 상태였다. 아주 오랜 시
간을 함께 산 부부가 벙커에서 마지막 순간을 함께하고
있었다. 우리는 두 사람 뒤에 가만히 서 있었다. 여자 노인
의 얼굴은 서양화 속 인물처럼 점점 더 희게 굳어갔다. 나
는 천천히 다가가 여자 노인의 얼굴을 수건으로 눌러 닦
았다. 여자 노인의 눈가와 입가로 희고 투명한 액체가 조

금씩 미어져 나왔다.

우리는 여전히 그런 상태로 아무것도 하지 못하고 지켜보기만 했다. 놀랍게도 그사이 여자 노인의 얼굴과 몸이 부직포처럼 굳어갔다. 남자 노인은 기력이 달려 아내의 머리를 받치고 있던 한쪽 팔을 심하게 떨었다. 우리는 벙커에서 생을 마감하는 첫번째 사람을 지켜보는 중이었다.

"저를 좀, 도와주세요."

남자 노인 대신 동식이 여자 노인의 몸을 받쳐 들었다.

"여보, 좋은 옷을 입혀 천국으로 보내지 못해 미안해요."

남자 노인이 양손으로 얼굴을 가리고 울었다.

여자 노인의 시신을 수습하는 일이 급했다. 먼저 여자 노인의 몸이 흩어지지 않도록 이불을 싸는 붉은색 천으로 몸을 둘러 꼭 묶었다. 남자 노인은 여자 노인의 짐에서 편지봉투를 꺼내 여자 노인의 몸에 넣었다. 무엇이 들었는지는 알 수 없지만 짐작은 가능했다. 아까부터 플라스틱 물병을 입에 물고 잘근잘근 씹던 혜나는 자기 침대 머리맡에 꽂아두었던 분홍색 플라스틱 꽃을 가져와 시신을 감쌀 비

닐 속에 넣었다. 모두들 모여서 동식을 도왔다. 동식은 대
장에게 배운 것이 있어 시신을 수습할 수 있었다.

"할머니 잘 가요. 그리고 천국에 가거든 저희들 좀 보살
펴주세요."

혜나는 더러운 종이에 매직펜으로 오렌지를 그려 4등
분으로 접은 뒤 할머니를 감쌀 비닐 속에 넣었다.

"이 오렌지도 드세요. 실컷 드세요, 할머니."

남자 노인은 여자 노인이 늘 쓰던 깨진 손거울을 여자
노인의 가슴 위에 얹었다. 동식은 대장이 하던 대로 비닐
을 이용해 시신을 여러차례 감쌌다. 그는 결국 기침을 참
지 못했고 하던 일을 중단할 수밖에 없었다.

"죄송합니다, 어르신. 제가 이런 일이 처음이라서요."

동식이 말했다. 나는 양말을 신지 않은 그의 발뒤꿈치
만 내내 쳐다봤다. 사실 나는 겁이 많은 사람이어서 시신
을 직접 가까이에서 보는 게 두려웠다.

"할머니, 이제 편히 쉬세요!"

눈을 감았다 뜨며 겨우 말했다. 아주 짧은 순간, 여자 노

인의 얼굴이 내 얼굴로 바뀌어 보였다. 나도 곧 죽게 되겠
지. 얼른 다른 데로 얼굴을 돌렸다. 힘들다고 징징거렸지
만 당장은 여자 노인처럼 되고 싶지는 않은 게 확실하다
는 생각이 드는 순간이었다. 누가 할머니가 되고 싶을까.
빨리 할머니가 되고 싶지는 않다.

"할머니, 제발 다시 살아나세요!"

혜나가 울면서 말했다. 정수는 모든 상황을 촬영했다.
여분의 배터리가 얼마나 남아 있는지는 알 수 없었다. 어
쩌면 그냥 촬영하는 척 연기를 하는지도. 누구도 입을 열
어 말하지 않았지만, 이제 모두들 벙커 바깥으로 나가야
하는 상황이 되었다. 냄새 때문에라도 시신을 벙커 안에
그대로 둘 수는 없었다. 정수가 재해 전문 촬영감독답게
상황을 차분히 정리했다.

"중요한 물건 한두가지만 챙기세요. 일단은 여기서 나
가야 합니다. 다들 아시죠? 다시 돌아오지 못할 수도 있다
는 생각을 하셔야 해요. 하지만 차분하게 합시다, 우리."

남자 노인을 제외하고 모두 각자의 자리로 돌아갔다.

나는 벙커 안을 둘러보고 앞쪽의 수납장으로 가 남아 있는 물을 조금 챙겼다. 그러고 나서 벙커를 둘러보았는데 새삼 벙커가 아늑하고 따뜻하게 느껴졌다. 벙커X는 그동안 우리집이었다.

올이 탄탄하고 커다란 천에 여자 노인의 시신을 올리고 귀퉁이를 모두 함께 잡았다. 그렇게 여자 노인을 실은 천을 잡고 어깨에 가방을 한두개씩 멘 채 모두들 일렬로 서서 벙커 밖으로 나갔다. 대장이 있었다면 더 나은 이동수단을 마련해 오거나 더 나은 장소를 찾아 이동할 수 있었을지도 모르지만 이것도 최선이었다.

남자 노인은 단호하게, 부인을 묻을 곳을 미리 정해두었다며 따라오라고만 말했다. 우린 모두 그를 따라 이동하기로 했다. 모두들 말이 없었고 두려움에 떨었다. 이 순간, 남자 노인이 가장 활기차 보였다. 벙커 뒤쪽의 문 입구까지 가는 것도 쉽지 않았다. 벙커 상부가 낮고 폭이 좁아 시신을 옮기기에 어려움이 많았다. 차고 푸른 새벽 기운이 뼛속 깊이 파고들었다. 혜나가 맨 앞에 서서 대장이 쓰던 랜턴을 들고 불을 비췄다. 우리는 한동안 꽤 긴 거리에 걸쳐 펼쳐진 어둠을 통과해야 했다. 새벽 물기에 발끝이 젖어들었고 한참을 걸어서야 벙커 바깥으로 나갈 수 있었다. 공포영화에 출연 중인 배우들처럼 우리는 크게 숨도 쉬지 못하고 언덕길을 오르기 시작했다. 정맥류 스타킹과 물 한병, 크래커 한개, 참치 캔 한개가 담긴 가방이 내 어깨에서 흔들렸다. 언덕을 오르다가 벙커가 있는 쪽을 돌아보았는데, 별다른 흔적도 없어 어딘지 알 수가 없었다. 왠지 다시는 벙커로 돌아가지 못할 것 같았다. 우리는 남자 노인이 가리키는 방향으로 계속 걸어 올라갔다. 벌써 주변이 조금씩 환해지고 있어서 발각되는 것은 시간문제인지도 몰랐다.

방목지까지 올라가보는 것은 이번이 처음이었다. 완만한 언덕 중턱쯤 올라갔을 때 갑자기 어디선가 일본인들인지 중국인들인지 알 수 없는 외국인들의 말소리가 왁자지껄하게 들리는 것 같았다. 기괴한 느낌이 드는 순간이었다. 걷는 속도가 계속 느려졌다. 우리는 모두 마스크를 쓰고 있었다. 어느 순간 어둠이 사라져버리고 동그란 것들이 파르르 떨며 허공을 날아 우리 쪽으로 왔다. 드론이었다. 팬시한 디자인의 드론 여러개가 초록색 불을 깜빡이며 우리 쪽으로 몰려오다가 방향을 바꿔 먼 곳으로 날아가버렸다. 어쩌면 아까 그 외국인들 목소리는 드론 효과음이었는지도 모른다. 드론에 달린 카메라에 찍힌 우리는 어떻게 보일까, 문득 알고 싶어졌다.

"멀리서 보면 우리도 알록달록한 원피스를 입은 독일 사람들, 멋진 피나 바우쉬 무용단원들 같지 않을까요? 저는 이다음에 꼭 피나 바우쉬 무용단 단원이 될 거예요."

아는 것도, 되고 싶은 것도 많은 혜나가 말했다. 우리는 여전히 시신을 놓치지 않기 위해 천의 네 귀퉁이를 잡은 채 최선을 다해 힘을 모았다. 언덕 쪽은 지진 피해가 덜했지만 언덕 아래는 죄다 파헤쳐진 땅과 떠다니는 먼지 그리고 안개뿐이었다. 정신을 차리라는 듯 강한 바람이 불었다. 느리게 흐르던 부림지구의 시간이, 부림지구의 땅이 다 조각나 바람에 날아갈 것처럼 물렁물렁해지는 느낌이 들었다. 여자 노인의 시신도 우리도 모두 다 날아가버리고 말 것 같았다. 왼쪽 무릎이 시렸다. 마음이 더 급해져 초인적인 힘을 내지 않으면 안 되었다.

왼쪽으로 경사가 완만한 언덕에 가축방목지 겸 농장이 보였다. 가축방목지였던 곳을 알려주는 유일한 증거는 아직도 부서지지 않고 한줄로 남아 있는 나무울타리뿐이었다. 농장을 따라 동그랗게 둘러쳐놓았던 울타리가 지진으로 인해 저절로 간격이 생겼다. 울타리의 한쪽은 위로, 한쪽은 아래로 각도와 위치가 달라지고 엇나갔다. 누군가가 그곳에 엇나간 위치만큼 빨간색 유성 스프레이로 줄을 그어놓았다. 성인 스무명쯤이 팔을 벌리고 서면 그 틈이 메워질지도 몰랐다. 부림지구에서 일어난 지진은 땅을 그만큼 비틀고 이동해 간격을 벌려놓았다. 겨우 그만큼의 틈으로 인해 모든 게 다 들쑤셔지고 곤죽이 되다니, 믿기 어려웠다.

남자 노인이 울타리 아래 홈이 파인 듯, 우주선이라도 미끄러져 들어간 듯, 땅이 동그랗게 내려앉은 곳을 가리

켰다.

"저기가 좋겠군요."

우리는 여자 노인의 시신을 내려놓고 모두 그 자리에 주저앉아 한참 동안 숨을 골랐다. 그런 뒤 비척비척 쓰러질 듯 하면서도 작은 삽을 들고 먼저 일어나는 남자 노인을 따라 땅을 파기 시작했다. 땅을 파는 일은 생각보다 쉽지 않았다. 모두 모여 손으로, 발로, 준비해온 작은 삽으로 흙을 팠다. 손톱에 흙이 박히고 온몸이 땀으로 젖었다. 파고 또 팠다. 천과 비닐로 싼 할머니의 시신을 흙속에 넣을 때가 되었다. 이제야 모든 것들이 또렷하게 보였다. 다시 지진이 나 땅밑이 꺼져버린다면, 울타리의 각도가 더 틀어진다면 할머니를 묻은 자리를 찾기 어려울지도 몰랐다. 모두들 침묵했다. 남자 노인이 서둘렀고, 우리가 흙을 다시 덮는 동안 남자 노인이 큰 소리로 말했다.

"여기 제 아내를, 하늘로 땅으로 나무들에게로 다시 돌려드립니다. 잘 받아주세요."

남자 노인은 슬픔에 몸을 가누지 못했지만 목소리는 분

명하고 컸다. 그때 경박하게 흔들리는 커다란 드론이 다시 나타났다. 부림지구 상공을 벌레처럼 날아다니는 드론의 움직임과 소음이 장례식 배경음악이었다.

　가축방목지 옆 숲속 내리막길을 걸어 내려올 때였다. 강력한 서치라이트가 내 몸을 거칠게 훑었다. 기분 나쁜 스피커 소리가 계속 들려왔다. 긴 막대기를 들고 로봇처럼 땅을 들추고 있는 방역복을 입은 사람들이 보였다. 소리는 점점 커져서 불쾌해질 정도였다. 호흡이 가빠지면서 무릎이 아파 그 자리에 주저앉았다. 방역복을 입은 사람들이 순식간에 우리 주변으로 몰려왔다. 그러곤 우리를 포위한 채 차를 세워둔 아래쪽까지 함께 걸어 내려왔다.

　"미안합니다, 여러분. 나와 제 아내 때문에."

　남자 노인이 그 말을 하고는 거짓말처럼 피시식 쓰러져버렸다. 우리는 모두 다 같은 운명이었다. 그들이 먼저 남자 노인을 들것에 실었다. 남자 노인은 방역복을 입은 사람 두명이 든 들것에 옮겨졌다. 혜나와 정수는 트럭으로 끌려갔다. 최기자와 내가 그 뒤에 걸어서 따라갔다.

"간다구요, 갈 테니까 가만둬요."

우리는 방역복을 입은 또다른 사람들의 부축을 받은 채 모두 다 트럭에 올라탔다. 양쪽으로 의자가 있는 작은 트럭은 몹시 비좁아서 몸을 꼭 붙이고 앉아야 했다. 그때 옆에 앉은 최기자가 내 어깨에 팔을 둘러주었다. 그의 몸에서 끔찍한 땀냄새가 났다. 그때서야 최기자에게 하고 싶었던 말이 무엇이었는지 분명히 기억났다. 그는 신문사에서 나를 포함한 청소용역들이 다 쫓겨날 상황이었을 때 화장실에 갇힌 우리를 도와주었다. 그는 화장실에서 숙식을 해결하던 우리를 찾아와 함께 시간을 보내주었고 회사에서 고용한 용역들을 막느라 땀을 흘리며 화장실 문을 지켰다. 나는 그에게 말했다.

"최기자님, 감사해요. 언젠가는 말씀드리고 싶었습니다."

그는 내 말은 듣는 둥 마는 둥 또 손바닥에 뭔가를 적고 있었다.

방역복을 입은 사람들이 우리에게 마실 물을 주었고, 나는 그에게 먼저 물병을 건넸다. 그때도 그는 손바닥에 뭔가를 적으며 웃기만 했다.

트럭은 부림타운으로 갔고, 거기서 원형극장을 중심으로 뱅글뱅글 돌았다. 개 한마리가 트럭을 따라 뛰어오다가 일순간 비명을 지르고 사라졌다. 팬 땅속으로 미끄러져 빠져버린 것 같았다.

"아줌마, 해피였어요. 해피 기억나죠? 우리가 살린 애. 배에 깊이 찔린 상처 있었던 애 기억나죠? 봤어요? 멀쩡하게 건강하게 살아 있어요."

혜나가 기뻐하며 말했다. 나도 기뻤다. 뭔가 보람 있는 일을 한 후에 느끼는 감정이란 게 이런 거구나, 새삼 알게 됐다. 그러거나 말거나 방역복을 입은 사람들이 우리를 바닥으로 끌어내렸다. 그러고는 흰 막사 안으로 데려가 이름과 신상 정보를 확인하는 간단한 절차를 거친 뒤 비닐에 든 빵과 주스를 한개씩 주었다. 우리는 동그랗게 모여 앉아 서로의 얼굴을 보며 빵을 먹었다.

"맛있네요."

누군가가 말했고 우리는 조금 웃었다.

트럭은 부림지구에서 N시로 나가는 도로로 우리를 다시 데려갔다. 믿을 수 없을 만큼 먼지가 심했다. 땅을 반듯하게 고른 뒤라 말끔하기는 했지만 먼지는 여전히 극성이었다. 놀랍게도 도로 한가운데 무너지지 않은 산등성이까지 연결된 높다란 바리케이드가 쳐져 있었다. 오염된 흙을 높다랗게 쌓아놓은 산등성이 풍경은 기괴했다.

"한줄로 서세요."

특수차에 매달린 진공흡입기가 우리 몸에 붙은 흙먼지와 덤불을 한바탕 요란한 소리를 내며 가져갔다. 그러고 나자 놀랍게도 공기가 한결 부드러워진 것 같았다.

"이제 다들 깨끗해지셨네요."

우리는 시키는 대로 한줄로 섰다. 그들은 방독면을 벗지 않고 입 앞에 스피커를 댔다.

"여러분이 뭘 잘못했다고 생각하시나요?"

황당한 질문이었다.

"잘못하다뇨, 우리가 뭘 잘못했나요? 이제 우리를 어떻게 할 건가요?"

동식이 질문했다.

방역복을 입은 사람들은 마지막 소거명령을 집행하려, 최후통보를 하기 위해 서 있었다. 방역복을 입은 두 사람이 우리 앞에 커다란 자루를 내려놓았다. 햄통조림이나 쌀, 라면, 게토레이, 파워바 같은 것이 들어 있을 게 틀림없었다. 여전히 배가 고팠지만, 더는 무너지고 싶지 않았다. 나는 앞에 놓인 자루를 노려보았다.

"가끔은 모든 문제가 나 때문에 생겼다는 생각을 해요. 바로 나요. 하지만 그 정도죠. 사실 그 정도죠."

최기자가 안경을 벗어 들고 얼굴을 감싸며 말했다. 이제 내 차례일까.

"저기 있는, 부림지구의 오염된 흙을 다 가져와요. 내가 먹을게요. 오염된 물도 우리가 다 마실게요. 그러니 여기서 다 나가세요. 여기에 우리만 남겨두세요. 여기서 살게가만 놔두세요. 우리는 아무것도 필요 없어요. 우리는 칩을 넣지 않을 겁니다."

내가 말했다. 다른 사람이 아니라, 정말이지 내가 한 말이었다. 지진을 겪으면서 더 똑똑한 사람으로 거듭난 걸까. 한번도 말이 꼬이거나 하지 않고 끝까지 잘 말했다는 사실이 더 놀라웠다.

"네 아주머니, 잘 알겠고요. 이제 더이상의 식량 지원은 없습니다. 아마 벙커도 곧 거주비를 징수하게 될 겁니다. 정부에서 거주법령을 마련 중입니다. 칩을 넣지 않으면 벙커에서도 살 수 없는 거죠. 여기 바리케이드는 지금부터 완전 봉쇄되고, 부림지구로 들어오는 도로도 봉쇄될 겁니다. 모두들 알아서 판단하시길 바라요. 더 추워지면 얼어 죽을 수도 있어요. 아시죠? 겨울이 닥쳐오고 있다는 거. 부림지구에서 나가고 싶은 분들은 지금 이쪽으로 오세요. 저희가 저 너머로 모셔다 드리겠습니다. 다시 말씀드리지만 지금이 마지막 기회입니다."

그때 정수가 그쪽으로 뚜벅뚜벅 걸어갔다. 그녀는 우리를 한번 돌아보았고 우리는 정수가 가는 길을 바라볼 뿐이었다. 나는 정수에게 손을 흔들며 말했다.

"수진이 좀 찾아줘. 기억하지? 부탁해."

정수가 손을 흔들며 뭐라고 했는데 그들이 차에 시동을 걸면서 말소리가 잘 들리지 않았다. 그들의 차가 N시 쪽으로 가고 마지막으로 열려 있던 바리케이드를 막았다. 커다란 벽이 부림지구에서 N시로 가는 통로를 막았다. 방역복을 입은 사람들은 우리를 남겨두고 부림지구에서 완전히 철수해 반대쪽으로 갔다. 사람도, 물건도, 부림지구에 있는 모든 것들은 다른 곳으로 이동할 수 없었다. 이제 부림지구에서는 N시로도, 그 어느 곳으로도 나갈 수 없었다. 완전한 고립이었다.

"뭐야 이거. 흐 추워라. 아줌마 우리 이제 여섯명 남았네요."

혜나가 말했다.

"아니, 다섯명이지. 대장이 돌아온다면 여섯명. 할아버지가 깨어나서 자기도 N시로 갔어야 했다고 후회할지도 모르지만."

길 위에 앉아서 살색 정맥류 스타킹을 꿰어 신었다. 고질병인 정맥류가 도져 장딴지가 다시 단단해졌다. 지금 내가 가진 유일한 소유물은 더러워진 정맥류 스타킹과 지진으로 인해 다 부서져버린 이 삶뿐이다. 벙커로 돌아가는 길이었다. 벙커에서는 그래도 좋았다. 좋았던 시간, 앞으로 그런 시간은 없을지도 모른다. 하지만 오염된 지역에 남은 우리만이 이제 부림지구의 주인이었다.

미세먼지 코리아에서

내가 보기엔 모든 게 다 부서지고 있다는 거야.

도리스 레싱의 소설 『금색 공책』(창비 2019)에서 주인공인 애나 울프가 한 말이다. 소설이 시작되고 두번째 문단에서 스치듯 나온 말이라 처음에는 전혀 기억하지 못했는데 소설을 읽다가 그 문장으로 돌아가 멈췄다. 그리고 어느 때부터인가 이 문장을 자꾸 되뇌었다. 도리스 레싱이 만들어놓은 복잡한 구조 안에서 분열되고 부서지는 세계를 통과하기 위한 해답을 찾느라 애나 울프는 안간힘을 쓴

다. 소설 속 부서짐은 애나 울프에게 끝이 아닌 기회였다.

부림지구라는 공간에서 일어난 일을 담은 이 소설은 몇 년 전 캘리포니아 버클리에서 시작됐다. 그때 나는 운 좋게 대산문화재단과 UC버클리대학교가 지원하는 작가 레지던시 프로그램에 선정되어 버클리에서 몇개월 살았다. 나는 그곳에서 어떤 낙원 같은 분위기를 느꼈다. 일정한 기온과 맑은 하늘, 친절하고 지적인 사람들, 물적 토대가 뒷받침된 안정감까지 무엇 하나 부실한 것이 없어 보였다. 그런데 캘리포니아 전체는 지진 위험 지역이다. 1906년 샌프란시스코 대지진으로 도시 건물이 거의 다 파괴되었고, 1989년에도 큰 지진이 있었다. 그곳 사람들이 알려준 대로 나는 침대 머리맡에 생수와 초콜릿, 운동화와 수건 등을 넣은 배낭을 늘 걸어두고 잠들었다. 버클리의 집들은 대부분 지은 지 오래되어 지진에 취약하다, 지진이 나면 아무것도 생각하지 말고 조금도 머뭇거리지 말고 배낭만 들고 무조건 집 밖으로 뛰쳐나와야 한다. 그곳에 오래 산 사람들, 유학생들이 들려준 서바이벌 팁이었다.

그로부터 한두해쯤 지나 버클리 공대에서 지진 경보 앱 MyShake를 개발했고 나는 이 앱에서 알려주는 알람을 지금도 자주 받는다. '너로부터 6,223킬로미터 떨어진 알래스카 수어드에서 오늘 오후 10시 32분에 3.5의 지진이 발생했다.' 지진 알람이 가리키는 지역은 알래스카만, 깊은 바닷속이다. 낮고 느리게 흐르는 초록색 센서가 서울은 안전하다고 말해준다.

그후로도 계속 이 소설을 썼는데 소설은 조금도 나아가지 않았다. 그동안 소설이라는 장르와 꽤 친하다고 생각했는데 전혀 그렇지가 않았다. 시간이 갈수록 불안하고 두려웠다. 결국 쓰지 못하게 될까봐 공포스러웠다. 초점 화자를 바꾸고 시점을 바꾸고 시간 순서를 바꾸고, 바꾸고 바꾸고 바꾸고 또 바꿔도 아무것도 나아지지 않았다.

실제로 내가 큰 지진을 경험해본 건 딱 한번이었다. 2007년, 일본의 나가노에서 도쿄로 가던 길에 대형 주차장에서 지진을 만났다. 지진이 난 곳은 나가노가 아니고 니

가타였는데 땅이 흔들리며 금이 갔다. 내 친구는 자녀의 입학 선물로 산 운동화를 전해주지 못하게 될 것을 걱정했다. 또 한 친구는 술을 마시지 못하면 어쩌나, 심각하게 걱정했었다고 나중에 농담처럼 회고했다. 하지만 생각해보면 그 정도의 경험으로는 이런 소설은 쓸 수 없는 것이었는지도 모른다. 쓸 수 없는 소설을 쓰겠다고 붙들고 있었던 셈이다.

사람을 바꾸는 건 다름 아닌 날씨,라고 나는 오래전부터 생각해왔다. 몇년 전만 해도 지구 온난화가 사기라고 주장하는 학자들도 있었지만 지금도 그렇게 주장할 수 있을까. 4년 전쯤에 갔던 베이징 풍경. 상가 건물 지하에 있는 대형 슈퍼마켓에 들어가 물건을 구경하느라 시간이 가는 줄도 몰랐다. 바깥으로 나와 보니 퇴근 시간 무렵이었고, 스모그로 인해 앞이 전혀 보이지 않는 상태에서 베이징 시민들이 자전거로, 도보로, 집을 향해 이동하고 있었다. 자전거가 내 몸 바로 옆으로 지나가는데도 전혀 보이지 않았다. 베이징만 그럴까. 서울도 다르지 않다. 어쩌면 우리는 가까운 미래에 반도체와 BTS를 수출한 돈으로 해외에서 맑은 공기를 수입해 들여와야 할지도 모른다. 베이징에 63빌딩 세개 크기만한 공기정화장치가 있다는 말도 들었는데, 우리도 곧 그런 걸 만들어야 하지 않을까.

미세먼지나 황사, 바이러스 같은 물질성의 요소에 의해 우리 삶이 교란되고 있다는 걸, 2020년 2월 신종 코로나바이러스가 국경을 넘어 다른 나라로, 다른 대륙으로 침투하는 이 시점에서 강조할 필요가 있을까. 인간도 냉혹한 자연 세계의 일부이고 자연의 우발적인 공격에 노출되어 있는 우주의 아주 작은 물질에 불과하다는 건 분명하다. 인간과 자연 사이의 갈등은 늘 있어왔지만 이제 정말 본격적으로 시작됐다는 느낌이 드는 건 나만의 감각일까. 미세먼지나 황사보다 눈에 보이는 피해가 더 큰 지진 등의 자연재해는 말할 것도 없을 것이다.

2011년 동일본 대지진이 난 해에 제작된 루시 워커의 다큐멘터리 〈쓰나미 벚꽃 그리고 희망〉에 나오는 지진 피해자들은 이상하리만치 벚꽃의 아름다움에 대해서만 계속 말했다. 또 텔레비전에서 본, 지진 해일에 휩쓸려가지 않고 겨우 살아남은 나이 든 할머니는 자기가 누구인지를 설명하느라 허둥대고 있었다. 이름은 무엇이고 나이는 몇 살인지, 집은 어디고 누구랑 살았는지, 평소라면 말할 필요조차 없는 것들을 말하느라 애를 쓰는 장면이 인상적이었다. 경북 포항의 비좁은 텐트에서 지냈던 이재민들은 길고 긴 밤을 어떻게 보냈을까. 불안과 공포 말고 다른 감정은 가질 수 없는 이재민들은 부서진 일상을 어떻게 되돌릴 수 있을까. 이런 일을 당한 사람들은 무슨 말을 하고 싶을까. 그런데 내가 그런 일을 당한 사람들에 대해서 쓸 수 있는 사람인가. 나는 쓸 수 없다. 하지만 재해로 인해 타인에게 자기 자신과 자신의 정체성을 설명해야 하는 사람들의 목소리가, 이야기가 궁금했다. 그러니까 이 모든 상황은 느슨한 허구이고, 그러므로 이 이야기는 실제의 재해와는 다른 하나의 은유에 불과하다.

재해란 무엇인가. 어린아이들 표현대로 정말 지구는 아픈 걸까. 재해 상황에서 사람들은 무슨 생각을 할까. 재해가 과연 기회가 될 수 있을까. 어쩌면 이미 모든 걸 되돌릴 수 없는 것은 아닐까. 재해 시 사람은 얼마나 인간적일 수 있을까. 뜻밖에 일어난 재난은 어떤 계급이나 격차를 한순간에 적나라하게 드러내 보여준다. 재난과의 동거는 늘 더 어려운 쪽의 몫이었다. 또 어떤 사람들은 재해가 나기 전부터도, 지금도, 평생 동안 재해를 앓듯 살아간다. 이쪽에서나 저쪽에서나 모두들 그저 묵묵히 살고 있을 뿐인, 그림자 같은 착한 사람들이 이 소설에 있다. 나는 부림지구라는 허구적 공간 안에서 그들의 조용한 움직임을 따라다녀보고 싶었을 뿐이다. 나는 소설의 주인공들에게 아무일도 일어나지 않기를 바란다.

나는 한 직장을 오랫동안 다니면서 40여권의 단행본 편집 작업을 했는데, 그중 미국 예수 고난회 신부인 지구신

학자(geologian) 토마스 베리의 저서 『위대한 과업』 『지구의 꿈』 『우주이야기』를 편집했던 것이 이 소설에 영향을 미치기도 했다. 한가지 덧붙이자면 이 소설은 아마존에 등재된 기후 소설(cli-fi, climate fiction) 분야의 스토리들처럼 대단한 것이 아님을 말해두고 싶다. 지진 상황에 대한 전문적인 지식이나 생존법도 등장하지 않는다.

아침이 되면 나는 휴대폰 앱 '미세먼지코리아'를 열고 미세먼지, 초미세먼지, 오존, 일산화탄소, 이산화질소, 아황산가스 농도를 확인한 뒤 하루를 시작한다. 맑은 하늘과 깨끗한 공기를 갖고 싶다는 게 욕심일까. 어쨌든 나는 겨우 이 정도의 소설을 쓰느라 주변의 고통을 몰랐다. 미안하고 또 미안하다.

2020년 2월

강영숙